雀頭作品集

破唐案

裴氏手札・卷五：續紅線女

第一章

潞州節度使府

八角臨水亭榭內，青絹簾幕隨風拂動，隱隱約約可見兩抹身影遙相對坐，阮琴恬靜音色悠悠流瀉，端是訴不盡地中正柔和……

當中偶然間又盪起幾聲包含著彈、挑、抹、扣的輕盈歡快，令聆聽之人不自禁露出了一絲愜意微笑來。

抱著阮琴彈奏的是一名未佩簪環也不染脂粉的青衣女子，她膚白勝雪、眉目如畫，卻神情沉靜，自有一番動人氣度。

節度使薛嵩靜靜聽著，修長指節忍不住跟隨著跳躍的弦音在膝上輕點。

初夏午後，湖塘風送荷香，聽阮琴錚咚，醺醺然恍然似醉非醉……

突地，一連串急促的腳步聲和環佩的叮噹聲響由遠至近而來，青衣女子耳朵輕輕一動，纖纖指尖依然扣弄琴弦不絕，曲聲綿綿疊疊。

薛嵩睜開了眼，笑意幾乎從深邃眸底洋溢而出，瞥過頭去，正要開口——

誰知當頭噠噠噠急奔而至的美麗盛裝少女，劈頭蓋臉搶過了青衣女懷裡的阮琴，便惡狠狠地往地上砸了個稀巴爛！

那劇烈破碎聲劃破了原本寧靜美好的氛圍，薛嵩眉頭皺了皺，輕斥道：「胡鬧！妳這是在做什麼？」

「阿耶還說我？」美麗少女快氣哭了，淚光漣漣，偏又刁蠻地指著他，憤憤跺腳。「原來阿耶早早把女兒嫁出去，眞的就是爲了跟這個下賤的騷狐狸光明正大地白晝廝混？」

青衣女連忙起身，垂侍一旁。

薛嵩深吸了一口氣，想訓責女兒，可見她倔頭倔腦地昂首瞪著自己，亮晶晶的大眼裡淚珠滾動，緊抿著唇……一副氣狠了又委屈的模樣，一時間還是心軟了。

「妳跟紅線計較什麼？」他嘆了口氣。

「哼！」

他起身緩緩走向女兒，寵溺地摸摸她的頭。「她是阿耶的婢女，這些年來在府中一向勤懇做事，從未有過怠惰惹事之舉，妳怎地就這般容不下她？」

「我就是看不慣她成日裝個清冷樣，明明只是個出身賤籍的婢女，還眞拿自己當個人看了？」薛凌靈對著青衣女呸了聲，而後轉過來抱住他的手臂，撒嬌任性地猛搖晃著。「……阿耶，上回不是有個叫什麼什麼將軍的看上了她，跟您討人，您爲何不順水推舟，乾脆賞給了那個將軍？」

青衣女低著頭，不發一語。

薛嵩有些歉然地望向青衣女，目光回到女兒跟前時，也只能莫可奈何地笑著哄道：「別鬧，紅線平日幫阿耶整理文書，書房裡那麼多典籍錄冊，也只有她能打理得清爽仔細、一塵不亂……便不說她的差事要緊，妳可知吳將軍當日討要紅線是回去做妾的，我們節度使府的人，又怎能輕易與人爲妾？那節度使府成了什麼了？阿耶的臉面又何在？」

薛凌靈嘟起嘴。「我不管，反正我就是不要她日日在阿耶跟前晃，如果阿耶不將她逐出府外、遂了女兒的心願，那女兒往後就不回娘家啦！」

「都嫁人了，怎麼還這般胡攪蠻纏跟三歲娃娃似的？」這樣的話，他已經聽過無數遍……薛嵩神情好笑，不以爲意，指尖輕點了一下女兒的額頭。「怎麼？今日可是又和女婿吵嘴了？」

「他敢？」薛凌靈眉毛一豎，嬌睟一瞪。

「妳呀，就是叫阿耶寵壞了！」薛嵩眼底笑意未散，口氣已是語重心長。「若按門戶比評，魏博節度使田家與我家勢均力敵、旗鼓相當，阿耶雖能與妳撐腰，可妳已入田家，便該處處體恤夫郎——」

「有阿耶在，女兒何須瞧誰的臉色，又何須體恤誰人？」她驕傲的小臉光彩照人。

薛嵩被自己女兒的話給噎住了，半天說不出話來。

薛凌靈得意洋洋道：「……大郎捧著我哄著我，除了他心愛我之外，也是因爲阿耶掌管的潞州糧食豐稔，商道絡繹，咱們潞州富貴程度遠勝田家轄下的魏、博、德、滄、瀛五州。他們田家要養兵，要銀子，自然就得好好兒地將我這佳媳奉為上賓。」

「住口！」薛嵩眼中笑意消失，低喝道：「──不管潞州還是魏博，皆是聖人的江山，是大唐的疆土，薛、田兩家領著朝廷的俸祿戍守一方，治下百姓財帛兵馬，也是代聖人而牧，豈是妳能拿來胡亂誇口炫耀的？」

這話要是傳到了長安，到了聖人耳裡……他們兩家還有活路嗎？

薛凌靈一滯，美麗驕橫小臉有些煞白，緊緊抿著紅唇。

她又不是傻子，自然曉得這些話不能在外頭嚷嚷，可她就是不服氣，阿耶明明就是這河東道一帶，尤其是潞州境內可隻手遮天的土皇帝，為何偏偏要處處謙恭低調，生生矮了田家一頭？

人家田家非但節度使府裡裡外外修建得氣派宏偉、堆金砌玉，養的府兵更是兵強馬壯，刀槍劍戟寒光森森，一字排開，煞氣騰騰，那才叫人望之生畏！

想她薛凌靈自小也是呼奴喚婢，千嬌萬寵大的，舉凡吃穿用度簪釵環珮，在同齡女郎中無不是獨占鰲頭，可一嫁進田家後，才知人外有人、天外有天。

田府中，連在舅姑（公婆）身邊稍微有點臉面的妾，穿戴都絲毫不遜於她這個新嫁娘。

光是一個妾繡鞋尖上綴著的珍珠，都比她鬢髮邊那朵金燦燦、顫巍巍牡丹花裡鑲嵌的那顆蕊珠還大……

當時，薛凌靈甫一打照面的剎那，簡直氣不打一處來！

只是在舅姑面前，新媳自然不好使性子，可過後她還是氣沖沖回到房裡，摘下那朵金牡丹就往腳下摜去，親自恨恨踩扁了才甘心。

夫郎田景懷聞訊進房，雖也好聲好氣地摟著她連聲撫慰，但言談之間，仍然透露出一絲納罕——

「……區區小事，哪裡就值當靈娘發這麼大的脾氣？阿耶的愛妾穿戴得好點兒，阿耶也臉上有光，難道岳父大人身邊的姬妾一貫素淨見人？」

「我阿耶身邊才沒有姬妾，他只鍾情我阿娘一人，我阿娘仙去後，我阿耶誰都看不上！」她嬌嗔地橫了他一眼，哼了聲，洋洋得意道。

田景懷一愣，隨即笑了。「眾人皆知，岳父雖然沒有妾室，可身邊卻有名才貌姝麗，溫柔周到的貼身青衣婢，幾與他心意相通，聽說岳父只要眼神一瞥，她就知道岳父要的是哪本書、翻的是哪一頁……」

薛凌靈心下一突，面色難看起來。「什麼心意相通？她不過是我阿耶幾年前從市井破爛地裡撿回來的，我阿耶心善，留她在府裡賞一口飯吃，說到底不過是個可以任意打殺發賣的賤婢。」

田景懷看得出妻子嗔惱了，便不再多說，卻是但笑不語。

可薛凌靈哪會看不出他笑容裡的意味深長？

於是，今日她氣虎虎回娘家來，就是要找青衣婢紅線算這筆帳，誰想阿耶非但不偏幫自己，還喝斥了她……

薛凌靈越想越氣，猛然轉身，一個箭步劈頭就重重甩了紅線一巴掌！

「……沒見我們父女倆正在說私話，妳這賤婢還杵在這兒做甚？」

紅線玉白無瑕的臉頰迅速腫脹劇痛起來，往後踉蹌了兩步，忙跪了下來，伏身在地。

「奴不敢。」

薛嵩一陣錯愕，眼底閃過了一絲不忍，負在身後的手慢慢攢握成拳，可終究還是沒為紅線出頭。

靈娘再有不是，她也是主家的女郎，薛家的金枝玉葉……罷了，待她使完性子，出夠了氣回夫家後，他再好好彌補紅線便是。

薛凌靈囂張地怒斥道：「滾下去，我一見妳那張妖精狐媚的臉皮子就作嘔！」

紅線默然，卻是抬頭望向薛嵩，徵詢主君之令。

他溫和地點了點頭。

紅線恭敬領命，起身對主子們深深一揖禮，靜靜退下。

薛凌靈對於阿耶和紅線主僕間這一點微妙的「投契」，見狀自然甚是刺眼心煩，不過今日能乘機甩這個賤婢一個嘴巴子，她多少也消了些氣。

反正她永遠是薛家高高在上的千金，想何時搓磨一個婢女，還不是她說了算？

「靈娘，」薛嵩看著得意洋洋的女兒，不由嘆息。「田家不是小門小戶，裡頭那一汪水深得很，妳若總是像現在這樣，把好惡都擺在明面上，會吃虧的。」

薛凌靈不以爲意。「阿耶，您放心，我在舅姑面前自然是大家風範，不會給娘家丟面子的。」

薛嵩看著她，欲言又止。

當初田家求娶，他和幕僚門客整整商議了半月之久，從兩方勢力和朝中動靜都估算衡量過，最終才勉強同意了這樁聯姻。

田家圖的是潞州的財，他看重的是魏博的兵……他善行文人治理，以細雨潤物於無聲之勢，而魏博節度使田承嗣則是兵多將廣的一方梟雄人物。

大唐疆域幅員遼闊，縱然集權於聖人之手，可地方刺史、都督、節度使，私下也是暗暗龍爭虎鬥，多的是野心滋長，鎮日想從旁人身上狠狠咬下一口肥肉去的。

薛家沒有併吞他人之心，但也不會任人魚肉，所以如何結上一門威勢霸氣、足以庇佑於羽下的好親，也就顯得格外重要。

可薛嵩運籌帷幄、多方謀劃，卻還是百密一疏……唉，終歸是他太嬌慣女兒了，將女兒嫁進了有八百個心眼子的田家，也不知是福是禍。

「靈娘，」他隱隱頭疼，只得再次暗示道：「潞州和魏博合則利，分則敗……妳在夫家，凡事多看多聽多細想，千萬記住。」

「知道了，知道了。」薛凌靈愛嬌地抓著他的手臂又一陣搖晃。「阿耶，女兒難得回潞州，您陪我出去逛逛吧？我聽說咱們潞州最近來了好些胡商，販來的都是最上等的寶石和毛皮，女兒想挑幾顆最大的，打幾副頭面輪著戴……」

薛嵩看著女兒的神態，就知道她壓根沒把自己的話聽進去，他素知這個女兒的性子，若說得多了，定然會激起她的逆反之心。

他只得哄道：「阿耶稍後還有公務，不能陪妳了，妳自命人去管家帳房處取一萬兩……對了，記著也幫妳舅姑和夫郎挑些好東西，別空著手回夫家，咱們薛家這點禮數還是要的。」

薛凌靈沒好氣。「阿耶又囉嗦了。」

薛嵩好性兒地笑著，絲毫不以爲忤。

直到目送女兒在大批婢女奴僕簇擁下高高興興地走了，他面上笑意才漸漸消失。

清風徐來，薛嵩卻再沒了方才的閒適愜意，眉宇間多了一絲憂心忡忡。

「……紅線！」他陡然叫喚。

花樹後，青衣婢又復悄然而至，躬身——

「主君。」

薛嵩看著她，眼神柔軟，忽然道：「妳一向心思細膩，忠心可嘉，多年來解我煩憂不知凡幾，如今我有一事甚是困擾……」

紅線神情恭敬聆聽。

「我兒靈娘年輕不懂事，總拿妳當假想仇敵，這些年委屈妳了，」薛嵩凝視著她溫馴的眉眼，忽然有些滯礙難言起來。「咳，若說，我有意讓妳此番便跟隨在……」

紅線清澈明亮的眸子微微抬起，閃電般望了英俊溫潤的主君一眼，而後迅速睫毛低垂而下，密密地掩蓋住了眼底一絲心事。

「凡主君有命，紅線但無不從。」

薛嵩胸口彷彿被什麼撞了一下，後頭的話突然說不上來了。

紅線等了半晌，不聞下文，疑惑——

「主君？」

薛嵩回過神來，搖搖頭道：「也罷，是我太過想當然耳……沒事了，妳自去書房整理典籍吧！」

她一頓。「喏。」

薛嵩揉了揉眉心，長舒了一口氣。

他告訴自己，並非捨不得溫順貼心的紅線離開，而是靈娘太能鬧騰了，若當眞安排紅線隨侍她左右，只怕還沒回到魏博地界，這個女兒真能做得出半途就把人給殺了的蠻橫事兒來。

……那還有誰能勸得住靈娘呢？

薛嵩難掩苦惱。

✦

長安　永興坊

清瘦風雅、兩鬢略斑白的中書侍郎徐公埋首案牘間，手中狼毫不停，在卷宗上振筆疾書。

一名面貌端正，身著緋色官袍的青年，跪坐在徐公案牘下首蒲團上，已然等了一個時辰以上，卻仍未有半點疲憊和不耐之色。

徐晉忠總算把最後一卷待審議上呈聖人的奏章看完，放在「緩」字簽那一疊上頭，而後望向青年，語氣透著一絲親近——

「三郎，等久了吧？」

方毅之忙欠身拱手行禮。「不，是三郎有錯，明知您素日公務繁忙，中書省哪裡都少不了您的督管，學生卻還來叨擾老師。」

「無妨，為師知道你向來行事嚴謹，此番會擱置下刑部文書政務，在此苦候良久，定然是真有要事。」徐公神情和藹，先喚了貼身老僕一聲。「——三郎胃腸弱，茶不能喝多，你命人去取一碗燕窩來。」

「喏，老奴這就去。」老僕連連點頭，欠身而去。

方毅之心頭暖意融融，低聲道：「多謝老師，您還記得……」

「我怎麼會忘？」徐公蒼眸感傷。「當年，你瘦骨嶙峋地回來，就只剩下一口氣兒，為師都以為要失去你了。」

方毅之垂首，愧疚道：「是三郎讓老師操心了。」

徐公心疼地道：「一日為師，終身為父，你敬孝我如阿耶，我自然也是拿你當作自己孩兒看待的，當年我本該攔著你……」

「都是三郎自願的。」方毅之急忙道：「老師千萬別往心裡去。」

「你也是個實心眼的傻孩子。」徐公輕輕一嘆。

待老僕端回了兩盞燕窩，一一奉與二人。

徐公親自盯著愛徒將之喝盡了，才捧起手中的燕盞，笑吟吟地啜飲著。「說吧，可是遇著了什麼棘手的事？」

方毅之將拭唇的方帕收回袖底，聞言面色緊繃肅然。「衡州有幾卷出了差錯的帳冊，落到裴行眞和卓拾娘手中了！」

徐公眉心微動。「哦？」

方毅之交待了全盤詳情，小心觀察著老師的神態，下意識小心翼翼道：「……孫刺史自知監管不力，信錯了人，這才無端叫衡州稅務帳冊裡出了岔兒，他只怕因此惹出大禍，便輾轉託人找到學生這頭來，請學生代為徵詢老師，求請老師指點他一條明路。」

「孫公糊塗了，」徐公沉吟地摩娑著盞身。「我縱使有心幫他一把，可我首先是聖人的臣子，難道還能循私舞弊？」

「所以老師的意思是，便不管他？」方毅之呼吸一緊。

「他在衡州那麼多年，即便心腹是人是鬼尚且摸不清，難道還把控不住自己治下的一方地界？」徐公緩緩放下那盞只淺淺喝了兩口的燕窩。「等那幾卷帳冊呈到了聖人面前，誰都救不了他。」

方毅之低垂的眸光一閃，頓時恭敬地拱手。「……老師說得是，學生明白了。」

「六郎此番前往衡州宦遊，刑部想必也積了不少卷宗，你身爲右侍郎多幫襯些，也是職責所在。」徐公和氣地笑吟吟道：「去吧，大好男兒正是爲國盡忠、爲民謀福的時候，別成天往我這老頭兒府裡窩著，該讓人笑你沒出息了。」

「老師學問淵博，精通經子史集，更是文才詞藻典麗、寓意深遠，聖人都讚您善屬文、通古今，對您十分器重。」方毅之崇敬地望著他，低聲道：「學生巴不得日日能跟隨在您身邊，若能習得老師萬分之一的本領，學生就受用無窮了。」

徐公哈哈大笑。「三郎啊三郎，你何時也變得這般口齒伶俐，懂得討老師的歡心了？」

方毅之面露靦腆之色。「學生字字句句發自肺腑……」

「爲師明白。」徐公望向他，嘴角上揚。「吾家三郎，老師還能不信你嗎？」

師徒倆又一陣閒談，直到坊門即將關閉前夕，方毅之起身恭謹告退。

在踏出徐府宅邸的一剎那，仲夏晚風徐來，方毅之只覺後背心一涼……

他才霍然驚覺到，中衣不知何時已經隱隱汗意溼透。

「大人？」青色小轎旁的兩名僕從快步上來，微帶憂色。

方毅之定了定神，擺擺手道：「無事。」

其中那名國字臉的僕從猶豫了一下，在爲他掀開轎簾時，低低說了句：「方才安僧扎命人送口信來，說您前次訂的薰陸香已到，他在十一娘處等您。」

方毅之頷首。「那走吧。」

「喏。」

一刻鐘後，閉門鼓響徹全長安……

◆

勝業坊，小梨苑內，鮑十一娘風韻猶存，穿金戴銀簪花地搖曳款擺而來，親自把人給領進了最幽靜的一處小院內。

夜色裡，燈籠下，阮琴和箜篌聲交相起奏，樂聲清麗柔美如雙蝶翩翩共舞……

小院內坐著名鬈髮高鼻深目的粟特男人，正愉悅地閉目聽著隔院憑風送來的曲聲，手邊拍著大腿輕哼唱和。

檀木矮案上擺放著珍貴罕見的瓜果、炙烤得皮脆金黃肉汁流淌的燒羊腿，玉盆裡裝著酥酪塊兒，雕花琉璃盞裡盛的是來自西域，豔紅如火香醇醉人的葡萄美酒。

「方大人來了？」粟特商人安僧扎聽見開門聲響，迅速睜眼，豪爽一笑。「來來來，大人嚐嚐看我此番進來的葡萄酒，品看看合不合胃口。」

「本官量淺，你請自便。」方毅之慢條斯理地坐下。

安僧扎似笑非笑。「這般好酒千金難得，一運進長安可搶手至極，連幾位郡王公爺都命管家來搬了好些，這僅剩的一壺還是我老安偷偷藏下的，想拿來跟方大人一醉……不過，顯然大人瞧不起我們商賈之人，竟連與我乾上一杯都不願意？」

方毅之蹙了蹙眉。

鮑十一娘掏出香噴噴的繡花絲絹兒朝安僧扎面前一拂，柔若無骨地挨靠過去，假意推搪實則搓揉了一把——

「安爺您誤會了，方大人這讀書人哪裡消受得了那麼大的酒勁兒？當人人都同安爺您一樣是西域豪傑、酒國英雄呢！」

安僧扎被她這麼一揉一摸一嬌嗔，骨頭都要酥了，登時轉怒爲喜，摟緊鮑十一娘的腰肢，猴急地湊過去在她頸項間一陣胡亂蹭親——

「十一娘還是這般香得很，爺大半年都沒來了，妳可想不想我？」

鮑十一娘咯咯媚笑。「奴自然想死了安爺，等會兒您和大人辦好了正事，奴親自來伺候您，包准把您伺候爽利了。」

安僧扎這才戀戀不捨地放開她，抹了抹自己的鬍子。「唉，爺就是個勞碌命，若不是商隊眞的離不開爺，還眞想大半年都膩在十一娘這溫柔鄉裡……」

「奴可巴不得哩！」

面對眼前二人這般調情作態，方毅之依然身姿板正、從容端坐。

鮑十一娘安撫妥了安僧扎後，妖嬈地略整了整鬆散的鬢髮，對外頭守著的婢女喊了聲——

「幫方大人取一壺富平的石凍春來！」

「喏。」外頭婢女忙應聲。

安僧扎又自顧仰首飲盡了一杯葡萄酒，滿意地咂巴著嘴，斜眼睨著方毅之。

「原來方大人愛喝軟綿綿的石凍春，那不是娘兒們喜歡的酒水麼？」

方毅之挑眉。

「安爺有所不知，」鮑十一娘笑道：「……六月調新曲，正朝汲美泉，從來做春酒，未省不經年；這石涷春呀，向來是長安城文人老爺們的心頭好，喝了這微微醺然，半醉不醉的酒，才能寫得出好詩呢！」

安僧扎「嘖」了一聲。「眞是受不了這些酸儒……」

鮑十一娘小心翼翼地看了方毅之一眼。

方毅之只是微微一笑。「十一娘自管忙去，本官是來與安爺交割一筆買賣的，不能多留，石涷春雖好，今晚也無福消受，十一娘的好意，本官只能心領。」

「大人客氣了，那……奴就不打擾大人和安爺了。」鮑十一娘愣了愣，不過她向來眼色極好，聞弦歌而知雅意，款款起身對他們二人一禮，離去時不忘仔細地爲他們關上了門。

安僧扎慵懶胡坐，配戴著碩大晃眼寶石戒子的大手捻起了一塊酥酪塊兒，往嘴裡一扔，含糊不清地道：「大人這次要的薰陸香可不好找啊，著實費了我老安不少工夫，連底下的孩兒們都折了好幾個！」

薰陸香，傳說中的靈香、神香、反魂香……

《海內十州記》有載：西胡月支國王遣使送四兩靈香進貢漢武帝，使者云此一小撮大如雀卵，黑若桑葚的靈香，焚之時香傳百里，更可令人起死回生，故此又名「反魂香」。

薰陸香雖說並非眞正能有起死回生之神效，卻也珍貴稀罕非常，只一小指蓋大小，便已値千金。

若非安僧扎這香藥胡商本領大，否則這產自天涯海角極西之地的靈香，沒有門路之人，只怕是連摸都摸不著邊兒。

「此番有勞安爺了。」方毅之探手入懷，取出了一只不起眼的赭色囊袋，將之推到安僧扎面前。

安僧扎隨意擦了擦手，拿過那赭色囊袋，稍稍一掂，面色沉了下來。

「方大人這是想賴帳嗎？」

方毅之微笑。「安爺可是李郭宗大將軍的人，便是畏於大將軍之勢，本官也不敢賴安爺這筆帳。」

安僧扎眸底精光一閃而過，坐挺了起來，似笑非笑。「方大人這話說的，老安區區胡商，哪裡攀附得了大將軍？倒是方大人身爲朝廷官員，還貴爲刑部右侍郎，沒有證據的渾話可別亂說。」

「我今日敢與安爺把話說透，自有我的計較。」方毅之笑了笑。「安爺不先看看囊袋裡的物什麼？」

安僧扎不知道他葫蘆裡在玩什麼把戲，遲疑了一下，打開囊袋，將裡頭摺疊成小方勝的柔軟物什一抖……

赫然是三尺烏絲瀾綢！

安僧扎瞇起眼。「這是——」

「勞駕安爺把此物奉與大將軍，並請代爲轉告一句，就說……」方毅之目光幽深。「舊人之物，完璧歸趙。」

安僧扎銳利虎眸驚疑不定地盯著他。「什麼意思？」

「大將軍會知道的。」方毅之話畢，噙笑地朝他攤開了手掌。

安僧扎深吸了一口氣，神情有一絲陰狠，隨即自袖袋中掏出一只精巧銀盒，抛與了他。

方毅之大手一抓，準確至極地牢牢接住銀盒，而後輕柔仔細地微微打開了一條縫，空靈清澈幽香溢出……他只閃電般窺了一眼，隨即緊緊蓋上銀盒。

「最好方大人不是裝虛作假唬弄人，」安僧扎冷冷地道：「否則即便你背靠徐公，夜裡睡覺時最好也警醒一點，哪天睡著睡著……頭顱不翼而飛，就可惜了方大人如今扶搖直上的青雲之路。」

「多謝安爺提醒。」方毅之神色鎮定如常。「你我各爲其主，各行其道，生死無怨。」

安僧扎沉默了，他注視著這個青年文官緩緩走了出去，高眺身影逐漸消失在燈影夜色中。

隔院的阮琴和箜篌聲已停，換作了琵琶嘈嘈切切，女聲婉轉如歌如嘆……

送送多窮路，遑遑獨問津，悲涼千里道，淒斷百年身，心事同漂泊，生涯共苦辛，無論去與往，俱是夢中人……

第二章

細雨綿綿，隔岸望去，臨水而築的烏峽水驛，隱隱約約像是籠罩在浩渺煙波之中。

水驛碼頭停著兩艘官船，遠眺起來像是小娃兒擱在掌心把玩的核桃小舟，驛站裡出入絡繹頻繁的驛兵人馬，更似螻蟻點點來去……

烏峽水驛是大唐八十六所水陸相兼的四等驛站之一，四等可配得四到四十五匹驛馬，二到四艘傳驛官船，其配置氣派，便遠遠勝過蒲州依山而建的「山烏驛」多矣。

此時，在彼端山崖的八角亭內，裴行真和拾娘對面而坐，一個含笑親手煮茶，一個則是靜靜地擦拭著柳葉刀，再一一插回護腕的機關內。

一靜一動，一風雅一英氣……卻莫名融洽契合如一幅畫。

「出門在外，委屈我家拾娘了。」英俊的裴大人笑意晏晏。

「不委屈。」拾娘認眞地搖了搖頭，略爲猶豫。「——就是有點麻煩，千里奔波首重速度，大人泡個茶的工夫，我們都能行出十里地外了。」

「咳咳咳咳。」裴行眞被唾液嗆到。

拾娘老實話說完，才意識到自己好像又烹琴煮鶴了，見裴行眞低頭悶咳，她有一絲內疚靦腆地伸手去幫他拍了拍背——

「不過大人泡的茶好，解渴，我愛喝的。」

裴行眞聽她有些笨拙地解釋與安慰，頓時笑了起來，心頭不禁溫軟又泛甜……他瞬間反手握住了她微涼的手，乘機攢到掌心裡，不忘溫柔憐惜地捧到嘴邊呵著氣——

「妳的手涼得很，肯定是這幾夜走水路凍著了，我阿娘說，女郎家身子骨最不能受寒，待會我茶裡多熬些薑絲紅棗和橘皮，喝了好暖胃。」

拾娘臉紅了，清了清喉嚨。「多謝大人，我倒也沒那般嬌貴。」

「我自然知道拾娘妳鐵骨錚錚，無堅不摧，」他目光深邃地看著她。「可即便再強大悍勇者，也是血肉之軀，一樣會受傷會流淚……又有誰能不痛不憂呢？」

她一震。

「六郎是凡夫俗子，只想心愛的女郎得以平安康泰，歲歲無憂。」他輕聲地道。

拾娘心尖暖意流淌，下意識回握緊了他的手。「我也望六郎無災無病，事事都好。」

他笑意漾進了眼底……

「——好一對情深義重的亡命鴛鴦！」

一記陌生的男聲陰惻惻響起，撕裂了此時此地的寧馨靜好，拾娘倏然閃電擋在裴行眞身前，冷豔面容殺氣一閃。

裴行眞右手迅速摘下腰間契苾針緊握在手，長腿跨前一步，左手一攔，硬是將拾娘護在自己高大身軀之後。

「大人——」拾娘面色微急。

他回眸給了她一個安撫的沉靜眼神，而後抬眼望向那個出聲的魁梧黑衣蒙面男子……以及其身後漸漸呈扇形包圍之勢的數十名男人。

他們二人身後就是懸崖，底下便是滔滔江水……

「你們要什麼？」裴行眞淡淡開口。

爲首的黑衣蒙面男子眼底掠過一縷異色。「裴大人眼下命懸一線，還能這般安之若素，果然好膽色。」

裴行眞劍眉微聳。「命懸一線與否，尚且兩說，不過你等光天化日之下就敢公然圍殺朝廷命官，眼裡可還有王法？」

黑衣蒙面男子哈哈大笑，諷刺道：「裴大人死到臨頭了還一口一個王法，這裡不是長安，更不是刑部，你就是把唐律倒背如流，也留不下你的一條狗命！」

拾娘眼神冷厲，袖底微微一抖，修長指縫間已隱然夾著幾柄輕薄尖細的柳葉刀。

裴行眞嘆了一口氣。「也沒見過殺個人這般囉嗦的，你要便說出來意，要便立刻動手，如此拖拖拉拉，我都替你著急……眞眞太丟我們男人的臉了。裴某簡直羞與你爲伍，你快些退後幾步離我遠點兒，別沾了晦氣與我。」

黑衣蒙面男子眼底竄出怒火，只是還眞被他說中了，因此儘管雙刀緊攢，也遲遲未能動手。

拾娘看著裴行眞三言兩語就把來人氣得兩眼通紅，她原本肅殺緊抿的紅唇不禁隱隱彎起。

——阿耶說得對，文官殺人不用刀，光出一張嘴就能氣死人，幹得好！

「少廢話！交出帳冊。」黑衣蒙面男子努力遏制怒氣，胸膛劇烈起伏，眼神陰沉。「老子就考慮留你們全屍。」

「什麼帳冊？」裴行眞眨了眨溫潤明亮的鳳眼。

黑衣蒙面男子暴喝一聲。「別跟老子耍嘴皮子玩心機，衡州的帳冊，交出來！」

「你們是孫刺史的人？」拾娘嗓音冰冷。「孫刺史好大的膽子，這是想和朝廷撕破臉了？」

黑衣蒙面男子呸了聲，輕蔑地道：「孫老狗算什麼東西？也配使喚老子？」

他身後的數十名漢子隱約騷動起來，也有人跟著呸罵。

裴卓二人一怔，電光火石間交換了一個眼神。

——噫！等錯人了。

「如果你們不是為了孫刺史而來，要帳冊何用？」裴行眞揚聲問：「且你們是從何處得知有帳冊一事？又如何懷疑到我們二人身上來？如何追蹤到我二人的行跡？」

「老子自有門路，不過現在可沒那個閒工夫同你們廢話，交不交出帳冊？」黑衣蒙面男子不耐煩道：「不交的話，老子不介意先剁了你們兩個，然後一寸寸搜身！」

裴行眞聽「搜身」二字，目光霎時冷峻危險起來，一聲厲斥——

「放肆！」

黑衣蒙面男子不自覺脖頸一寒，剎那間被眼前英俊文官駭人的威壓之勢震懾得有些喘不上來氣……

——怎、怎麼會？

這裴侍郎不就是個長安城裡的公子哥兒，只知四書五經和唐律的文人軟腳蟹，他怎會有這般可怖的煞氣？

拾娘如何不知裴行眞罕見動怒的原因，便是爲了她，心下不由一暖，低聲道：「大人，我行伍出身，聽慣了粗話，不會放在心上的。」

「可我不捨得。」他回眸，眼神一瞬間柔和了。「只要同拾娘有關的，我都會放在心上。」

黑衣蒙面男子見他們兩人之間溫情脈脈，彷彿對於眼下危急死局一點兒也不當回事……更有甚者，是壓根不把他和他這群兄弟當一回事，不禁瞬間火冒三丈，理智瞬間如弦斷！

「既然這對狗官不見棺材不掉淚，兄弟們，上！」黑衣蒙面男子振臂怒喊，率先手持雙刀衝將上來。

數十名黝黑的漢子也熟練地揮舞著或單刀或棍棒，餓虎撲羊般逼近……

「嗯？」拾娘敏銳地察覺到他們舞刀弄棒的姿勢，悍猛中又有一絲違和的粗野樸實，心中一動。

裴行眞瞇起眼，握緊手中契苾針，另一手快如流星般抄起熱騰騰的紅泥小火爐，連同炭火和沸騰的茶釜，便往當頭的黑衣蒙面男子一甩！

黑衣蒙面男子哪裡想得到一個手無縛雞之力的「酸儒」，居然也會使出這般江湖下三濫的招式，登時閃避不及，被燙得吱哇亂叫，驚恐地拚命擺手撥開燙得滿頭滿臉的熱茶和炭火……

鄰近的幾人也遭受波及，痛得嗷嗷叫。

拾娘驀然閃身到裴行眞前頭，修長玉手快得眾人眼前一花，在尚未來得及反應前，已然牢牢扣抓住黑衣蒙面男子頸間大穴，稍一用勁，黑衣蒙面男子只覺渾身一麻，下一刻軟綿綿地癱倒半跪在地！

拾娘冷冷道：「誰上前，我殺他！」

數十名凶神惡煞的漢子硬生生煞住了動作，高高舉起的單刀和棍棒僵在原處，儘管都蒙著面，依然能看出個個眼中的驚悸慌張。

「別傷他……」

「我們不動便是，妳、妳不要亂來！」

「可惡，這些陰險狡詐的狗官……」

裴行貞注意到眾人眼神很快從慌亂變得擔憂，略一沉吟——

這些人對領頭之人頗有情義，不似冷血無情的殺手組織，倒像是……

拾娘心中隱隱有猜測，她二話不說先是摘下黑衣男子面上所蒙布巾，又霍地撕開其衣領，一下子露出了其黝黑精瘦，遠比尋常人厚實粗壯且布滿重繭的肩頸。

「你們是鹽梟。」她緩緩道：「南方這支的？」

眾人一僵，惶惶相顧……

「放什麼狗屁！」被壓制的黑衣長臉男子神色驚疑，卻依然矢口否認。「是我技不如人，要殺要剮妳只管動手便是，什麼鹽梟不鹽梟，老子聽不懂妳在說什麼！」

裴行眞負手緩緩走到那些呈僵持狀態的漢子面前，忽然指向其中一人——

「脫了鞋襪！」

那人呆住，下意識後退了一步，粗聲粗氣駁斥：「憑、憑什麼？你說脫就脫？」

裴行眞還未開口，拾娘指尖狠狠壓下黑衣男人頸間的麻筋，下一瞬只聞慘叫聲起！

「別動我大哥，我脫就是！」那人臉色變了，隨手扔開棍棒，一把扯下鞋襪。

裴行眞聰明地離得遠些，故此也未嗅到那股子鹹魚腳臭味兒，可視線卻能清晰看見那名漢子腳掌上長年被某物束縛擦磨留下的痕跡。

「鹽幫之興，自漢時起於江淮流域，販運分支南北和東西二線，南北沿運河北上至漠北，東西沿長江至隴西道。」他緩緩朗聲道。

黑衣長臉男子臉色一陣青一陣白。

裴行眞環顧眾人，道：「鹽幫以扁擔起家，腳下踩打草鞋，草鞋有底無幫，底上有耳，以草繩攀帶繫於腳上，輕便、耐水、防滑，跋山涉水如履平……他肩頸肉寬厚繭，你腳掌留草繩印子，不是鹽梟，又是哪個？」

眾人聞言面色驚懼，冷汗涔涔，再無適才的凶悍殺意凜凜，一個個俱生出了退意。

劫帳冊不成，自己又露了眞容……

黑衣長臉男子眼底閃過憾恨愧色，忽地大吼一聲：「——走！」

「老大……」

數十名漢子形容悲戚，卻訓練有素地四下竄逃無蹤。

拾娘猶豫了一霎，指縫中藏著的柳葉刀始終未能發出。

就在這時，黑衣長臉男子突然揚掌朝裴行眞一撒，雪白煙塵飛揚開來的剎那，拾娘心臟猛然驚跳，想也不想地鬆開對黑衣男子的壓制，揉身撲向裴行眞，抱住他重重在地上一滾……

可來不及了！

饒是裴行眞機警敏銳，但終究不是習武之人，在黑衣長臉男子朝他撒來漫天粉霧當下，他只本能地後退掩袖，遮住了大部分的生石灰粉，可依然有些粉末飄進了眼底……

剎那間，他雙目如同火焰灼燒，裴行眞悶哼一聲，強忍劇痛死死吞了回去，他知道自己此刻中了招，更不能再給拾娘添亂了。

此時黑衣長臉男子已然騰空一躍，高高自崖上墜入滾滾江流中。

✦

玄機玄符此刻正策馬一前一後，慢慢通過幽暗地幾乎不見天日的參天大樹密林中。

南方獨特的潮溼氣息在野林間越發濃重，不知名的蟲蟻鳥獸隱約流竄過，發出令人發寒的沙沙聲。

長年在北方活動的玄機猛然又拍死了一隻落在脖子上叮咬的蚊蚋，頸項間又疼又痲又癢，他忍不住低罵了一聲——

「娘的！別等還沒追上那群混帳，就白白被這些個蚊蚋吸乾咱們的血了。」

玄符搖了搖頭，撕下一條衣襬，隨意纏繞成團扔給他。「把脖頸裹好，在密林裡連頭頸都不裹，蚊蚋不叮你叮誰？」

玄機哀怨地瞪了他一眼，接過布條後迫不急待把脖子密密繞了幾圈，咕噥道：「你知道我沒來過南方幾回，是兄弟也不提前提醒一聲兒……」

「別浪費力氣嘮叨了，還是先找到密林的出口要緊。」

玄機嘆氣。「你說那些混帳會鑽地不成？否則明明同一條路追進來，怎麼才一眨眼，人就不見了？」

玄符控住馬停下，側耳一陣細細傾聽，可密林中還是只有蟲蟻蛇鼠等物的動靜，沒有馬蹄踩過地面厚厚落葉和溼泥的聲響……

好似那幾個人進了密林，就瞬間被密林吞噬了一般！

濃眉粗獷的玄符一手控緊了韁繩，另一隻大手本能地握牢了玄鐵刀柄，他從進入密林的那一刻起，就隱約感覺到不安。

長年在刀光劍影生死中淬煉出的本能，彷彿正在敲打著他的每一寸神經脈絡……

他倆奉命和裴行眞和拾娘兵分二路返京，裴卓走的是水路，他們走的則是官道，日夜兼程地往長安方向趕。

如裴大人預測的那樣，他們路上果然遇到了一波波人馬伏擊，對方身手敵不過他和玄機聯手，可那些人也警醒得很，一擊不中就瞬間呼哨四散，即便有受傷落單的，也立時狠戾決絕自刎……

以致他和玄機連個活口都逮不住，只能徒呼負負。

正所謂猛虎難敵猴群，對方看樣子就是想以人海戰術耗死他們，尤其此處離衡州不過百里距離，尚在江南道地界內。

這是孫刺史的地盤，他盤踞此處多年，勢力盤根錯節，最不缺的就是人手了，況且那兩卷帳冊牽涉之人不少，不想掉腦袋的只怕現在都磨刀霍霍，對著他們和大人來了。

即便他二人武藝再高深驍勇，總有閃失錯漏之時，但玄符怕是不怕的，他只憂心大人那頭……

「倘若赤鳶在，裴大人和卓娘子的安全也能多幾分保障。」他皺眉，忍不住問出口：「玄機，你平素與赤鳶娘子交情好，你可知她究竟是收了誰的飛鴿傳書，急得只留下一封信便匆匆離開？」

提到這個，玄機也鬱悶了。「……連卓娘子都不知道了，我又怎會知道？赤鳶娘子好生狠心，果然平日都是與我玩玩的。」

「……」玄符看著他這股子閨中怨男的模樣，不由嘴角抽搐了一下。

都什麼局勢了，還在這裡發騷？

「老符，你不必擔心大人和卓娘子，他們一個精若狐狸，一個悍如猞猁，該緊張的是那群對上他們的龜孫。」

玄符皺眉。

玄機從馬鞍囊袋中掏出了僅剩的兩條肉脯，拋了一條給他，自己忿忿咬將起來。「唉，餓死我阿史那家的小郎君了，都說江南道美食冠天下，此番隨大人出行，都還沒能好好吃上一條桂花魚，大啖幾碗蟹粉獅子頭，反而在這裡餵蚊子，當真苦煞人也啊！」

玄符接過那乾巴巴的肉脯，看著玄機那副饞相，還是悄悄地又收進了囊袋裡，沉聲道：「別嚎了，等順順當當回到長安完成了任務，我請你到春勝樓大吃一頓便是。」

玄機眼睛一亮。「老符，這可是你自己答應的，那我可就不客氣了。」

「自然——小心！」玄符眼角餘光驀然瞥見了一抹寒光，他猛然回身射出了手中沉甸甸殺意凜冽的玄鐵刀。

玄鐵刀險之又險地將無聲無息的冷矢斷成了兩截，玄機也同一時間兔起鶻落，身形鬼魅至極撲向寒光來處的茂密幽暗大樹後，一腳就將那潛伏高枝上放冷矢的殺手踹了下來！

殺手悶哼吐血，狼狽地重重摔跌落地，立時被玄機腳尖狠狠地踩住了胸口。

可玄機臉上得色尚未浮起，眉眼間掠過了絲古怪……觸電般腳下急忙一收！

——軟的？女的？

玄機迅速改用刀尖抵住那殺手頸項。「妳是誰？背後的主子又是誰？若棄暗投明，從實招來，我等可考慮從輕發落！」

玄符也趕到了跟前，緩緩彎腰從厚重落葉堆中拾起了那兩截黑色箭矢，剎那間瞳孔緊縮——

這是聖人麾下玄甲軍獨屬的精鋼黑羽箭！

玄機目光望去，也傻眼了。

就在兩人震驚的剎那，那黑衣女殺手毫不猶豫地挺身主動撞上了玄機的刀，刀尖穿頸而過，大片鮮血炸開……

見其如此慘烈決絕，玄符和玄機面色僵凝更深。

能確定的是，此女必是死士，但背後之人……

他們忽然有些不敢再細思探究下去。

「……不對，」片刻後，玄符忽地濃眉一動。「有些不對勁。」

玄機輕咳了聲，連連點頭。「沒錯，肯定事有蹊蹺，如果聖……我是說，那位想取我們性命，又何須偷偷摸摸動用死士？只要一句話，你我還能反抗不成？」

往常都是玄機口無遮攔，玄符謹言慎行，可這枝黑羽箭確實令他心中震動甚大，聞言脫口而出——

「不，有時師出無名，倒不如暗地裡解決了省事。」

玄機心下一跳，茫然道：「可咱們幹什麼動搖國本的壞事了？需得……那位密令死士來懲戒或滅口？」

玄符沉默了很久，面無表情道：「於上位者而言，若想認定我們有，那便是有了。」

玄機吊兒郎當的笑容也消失了。

「也或許，」玄符頓了一頓。「是有人故弄玄虛，想藉此擾亂我們心志。」

「兄弟，你話能不能一口氣說完？」玄機咬牙切齒。

「無論如何，此事都得火速通知大人。」

「是。」玄機盯著那氣絕身亡的黑衣女殺手，也少見地嚴肅了起來。「咱們得速速找路出去，再也耽擱不得了。」

◆

潞州　大營演武場

這夜軍中大宴，端因潞州兵馬終於成功剿滅了一處盤踞深山，掠奪危害過往行商與富戶的悍匪。

那批人數近二、三百名的悍匪，並非尋常落草爲寇的普通老百姓，多是北方流寇，中有逃丁、邊兵、驛卒、礦徒等……

饒是大唐戶籍人丁制度嚴明，可地幅遼闊，又怎可能人人得以安居樂業？抑或是個個甘於勤懇營生度日？

悍匪神出鬼沒，殺人越貨，數年來擾民爲禍甚重，縣衙的衙役快班不良人，平時拿賊、破案和催租稅已經忙得焦頭爛額，不說精力有限，便是單憑武力，他們也打不過這群成日刀頭舔血的狂徒。

……所以潞州各地縣衙見遮掩不住了，最終還是求到了薛嵩頭上來。

節度使雖對麾下有調兵遣將權，然舉凡大動前，仍需得先上奏呈聖人朝廷，否則任意出兵，若落到了政敵手中爲柄，那就是一個「擁兵自重、居心叵測」的罪名。

薛嵩本就是個穩重謹慎的性子，著實等到了聖人批示，這才敢調動人馬剿匪。

只是悍匪果然刁鑽頑強，山下數個村落當中都有他們的人手，軍隊初初接近山腳下，悍匪們就得了消息隱遁無蹤，以至於這個看似小小的「疥癬之疾」，還是纏綿了近一年才終於得以一網打盡。

而這一年中，自是免不了也有損兵折將，鎩羽而歸的時候……每當薛嵩看著自家兵將人馬的疲軟，再看魏博田家的驕兵強將，心底不安總隱隱擴大。

潞州與魏博，實力相差實在太大了。

如果哪一日魏博田家生起了併吞潞州之心……便是聖人，也會穩坐高臺見兩虎相爭，安待勝者繼續向朝廷表忠心。

大唐疆域遼闊，聖人便如同家大業大的家主，他只看哪一個「管家」更加能幹精明，能爲主家掙來營利豐收和風光……反正大權永遠牢牢握在家主手中，誰都翻不了天去。

無人知曉薛嵩這些時日來晝夜憂心，他直到此番兵將報捷，那顆高高懸著的心才終於穩當落了回胸腔處，大喜之餘，自然是命令下去，要好好爲勞苦功高的將士們舉行慶功宴。

好酒好菜大魚大肉，絲竹鼓樂歌伎舞娘，必定要讓將士們酣暢淋漓、大醉而歸……

薛嵩噙著笑，和上前來敬酒的一名武將推杯換盞，俐落爽快地各飲了三杯。

「大人，我等……嗝，總算沒有給大人丟臉。」那黑臉武將紅光滿面，酒意醺醺然，激動地道：「大人放心，潞州我們守得跟鐵桶一樣牢靠，任憑他哪家的賊子蛇鼠都別想鑽進來搞事！」

薛嵩手中的酒杯一頓。

黑臉武將身旁的另一名武將尷尬地拉了他一把。「老葛，你醉酒了，快回去喝碗熱湯醒醒，別在這裡鬧得大人頭疼。」

「我酒量好得很，」黑臉武將哼哼。「我老葛是個粗人，心裡想什麼就說什麼，我這是護著咱們潞州，護著大人呢，才不像有些個面甜心狠……」

黑臉武將話還沒說完，已經被那名武將捂著嘴拖拉架走了，那武將臨走前不忘陪笑解釋道——

「大人見諒，老葛喝醉就愛亂說話，您別放心上。」

斯文清雅的薛嵩溫和一笑。「不要緊，老葛是性情中人，我如何不知？」

其他幾名武將見狀趕緊上來簇擁著薛嵩，又好一頓敬酒祝賀，總算把適才凝滯了一瞬的氣氛再度給烘托熱絡歡快了。

身著青衣的紅線靜靜跪坐隨侍在薛嵩身後，只在薛嵩放下酒盞緩緩呼出一口氣的剎那，細心地上前爲其換上一碗陳橘皮、葛花等熬成的醒酒湯。

薛嵩被酒氣蒸騰得微暈腫脹的腦門，嗅聞著撲面而來的果子酸香氣息，霎時覺著心中一暢，煩悶微消……

他眼神溫柔地看著紅線，接過了她手中的醒酒湯，忽地有一絲管不住自己——

「辛苦我家紅線了。」

紅線清冷素淨中透著英氣的面龐一愣，耳朵隱隱透著一丁點紅，她迅速沉靜下來，斂容道：「奴職責所在，當不得大人一句辛苦。」

不遠處臺子正中央，絲竹退去，十餘名樂師身著胡袍，擊打著音色焦殺嗚烈、破空透遠的羯鼓……

「紅線，妳親製的雞舌香丸可還有？」他看著身畔多年來總是陪侍在側的素容女郎，忍了忍，終究輕聲央求道：「與我兩枚含含好嗎？」

紅線心跳有些急，神色鎮定自若地從隨身佩囊中取出了兩枚，放在薛嵩攤開來的修長大手上。

指尖無可避免地碰觸到了他寬厚的掌心……

薛嵩本能閃電般地收指包覆住了她的手，紅線心下一個怦通，急忙掙脫開他溫暖的手心。

薛嵩握著那兩枚清口留香的雞舌香丸，沒來由地悵然若失……卻又莫名鬆了口氣。

他也不知自己究竟是怎麼了，可有些人和有些事……確實是該勒著收著，無論如何都不可越過那一步。

看來不只老葛酒過了，便是他自己也……

紅線低聲道：「大人，夜裡起風了，有些涼，奴回去取來您的披風罷。」

「也好。」他掩飾地摸了摸鼻梁。

紅線起身的當兒，忽聽臺上那急促激烈昂揚的羯鼓陣裡，當中卻有個鼓聲，擊鼓點聽來分外錯落沉湓，彷彿一下下悶捶在人心上。

她一頓。

「怎麼了？」薛嵩敏銳地察覺到她的異狀。

紅線蹙眉，遲疑道：「羯鼓之聲，頗甚悲切，其擊鼓之人必有心事。」

薛嵩通音律，專注側耳傾聽了幾息，嘆道：「妳說得對……來人！」

直到僕從照著薛嵩所指，將居中後排的一名胡服青年帶上來。

只見那青年面色蒼白，腳步有些踉蹌，急忙跪拜見禮於薛嵩——

「拜、拜見大人。」

薛嵩語氣平和問他：「你的羯鼓聲透著悲涼，可是遇著什麼傷心之事了？」

青年一震，幾乎落下淚來。「回大人，昨夜我妻病逝，草民尚不及爲她辦白事，今日也沒敢請假，擊鼓之時想起妻子音容笑貌，就……大人，草民有罪，竟擾了大人和軍士們的慶功宴，草民該死。」

薛嵩驀然想起了自己與已故妻子間，昔日的青梅竹馬、夫妻情深，不禁喟嘆再三。「你心中惦念亡妻後事，記掛鴛鴦折翼之殤，是至情至性之人，本官又如何忍心怪你？」

青年眼眶紅了，強忍淚意。「多謝大人體恤。」

「你這就回家去吧，好好爲你妻子操持白事，盡一盡夫妻最後的情分。」薛嵩寬容悲憫地道。

「多謝大人，多謝大人。」

青年重重磕頭，這才忍悲掩面退了下去。

紅線看著那名青年腳步顳頇地消失在夜色裡，怔怔然若有所思。

「紅線，妳怎麼了？」薛嵩望著她。

她收回目光，搖搖頭。「無事。」

「紅線覺得此人情深義重，是個好郎君否？」他默然了一瞬，突然問。

紅線垂下目光。「於他妻子而言，自然是個好郎君的。」

薛嵩沒來由心下一緊，再問：「他妻子過世，夫妻恩愛逾恆，可男子早晚還是要續絃的，如果……」

紅線清泠泠眸光倏地望進了薛嵩眼底，電光火石間，他眼眸深處隱晦的一縷醋意幾乎來不及掩藏，有些狼狽地忙轉移開了視線。

「咳。」薛嵩雙頰有些發熱，忙取過桌上的醒酒湯，仰首喝了一口。

好似想藉由酸香的果子漿湯，沖刷淡化去喉中胸臆間那團悶悶燃燒的……什麼。

紅線美麗的唇瓣微微抿了抿緊，掩於袖中的玉手猛地攢握成拳，指尖狠狠深陷入肉，隱隱摳出血來。

……是懲罰，也是警醒。

◆拾娘一看到裴行真緊閉著紅腫且淚水直流的雙眼，心瞬間涼了大半。

可她從來就是殺伐果斷的性子，即便手抑不住地發抖著，仍迅速地挾著他飛快自山崖凌越而下。

她扶著裴行真到河岸邊最湍急之處，啞聲急促道：「大人……六郎，我要將你上半邊的臉摁到水裡洗眼，你記著睜大眼睛，小心捂住口鼻，莫嗆了水。」

「好，」儘管他疼得腮邊肌肉都隱隱抽動，可生怕拾娘擔心，面上依然沉靜從容，甚至擠出一絲笑來打趣道：「眼沾生石灰，民間說要用菜油洗才行，原來是謬傳嗎？」

她看著他還談笑自若的模樣，心下一酸，強忍著喉頭梗塞，邊將他摁入水中邊低聲解釋道：「生石灰雖遇水則燃，可一旦入了眼睛，更需得用大量流動的水沖洗瞳眸一、兩刻鐘以上……如此方可淨目，事後再尋醫治療，能有八成以上恢復如常的機會。」

他頭面雙眼被浸泡在奔騰清澈江水裡，只覺極度痛楚的灼燒感漸漸被清涼水流浸潤撫慰。

在這一刻，對於雙目是否會失明，是否從此會成爲廢人，衡州帳冊能否順利送返長安至聖人案前，刑部眾多卷宗懸案尚未能理完，甚至自己的仕途是否會止步於此，裴家後繼而起的子弟能有誰等等憂慮……

還有腦中的喧囂，急遽數算的政局推演，都在拾娘穩穩摁住自己頭頸的粗糙微涼掌心下，漸漸靜止化做了胸臆間的一片溫柔。

「六郎別擔心，」她聲音清透堅定有力。「我不會讓你變成瞎子的。」

「我信……」他笑了，結果一不小心嗆著了湍流的江水，猛咳了起來。「咳咳咳咳。」

她一驚，直覺想將他提將起來，可一刻間時辰還未到，此時起身便是前功盡棄，只得低叱道：「閉嘴，你只管聽便好……眼睛當眞不想要了嗎？」

他立時乖順地繼續將頭眼泡在水中，狼狽不堪的英俊清雅面上卻笑意蕩漾。

現在總算能體會到房公敬妻愛妻畏妻的滋味了……甚好，甚好。

江水滔滔，細雨綿綿，雁鳥飛渡，呀呀清鳴而過……

這一刻鐘彷彿很漫長，又彷彿只有一眨眼，當裴行真終於被拾娘拎起身坐在亂石堆中時，他滿頭滿臉都是水漬，鬢髮紊亂潮溼，黏貼在額際頰上，看起來前所未有地灰頭土臉還有些傻氣，可他卻笑得恁般歡喜。

拾娘憋在心頭沉甸甸的鬱結焦慮，終於消散了大半。「現在眼睛還疼嗎？」

「不疼了。」

她面露一絲喜色。「六郎試睜開眼，可看得見？」

他眨了眨，勉強睜開沖洗過後依然血絲泛紅的鳳眼，微笑道：「看不見。」

她喜意瞬間消失無蹤。「當、當眞看不見？」

「一團團忽黑忽白，彷彿大霧瘴氣遮目。」他輕聲安慰她。「拾娘，不要緊，這也許只是一時的。」

拾娘眼眶發熱，霍地抓著他一把起身。「走！」

「去哪？」他一怔。

「找大夫去！」

他修長大手忽然摁住了她的動作。「拾娘，妳送我到前方的烏峽水驛，那裡有驛官可安置我。」

她心一突。「你的眼睛不能再耽擱了，遲上一刻都是傷害，我馬上鳴哨招『紅棗』來，牠神駿非常，很快就能送我們進城尋醫。」

「差事重要。」他握緊她的手臂。「妳我在此停留，初始是為了誘敵之計，可沒想到出了差錯……如今只怕遲則生變，不能再拖了，妳速速趕回長安——」

「要回一起回！」她臉色一沉。「於公於私，我都不會將你一個人留在衡州。」

「拾娘……」他深吸一口氣，肅聲道：「本官以刑部左侍郎上官的身分，令妳蒲州司法參軍卓拾娘聽命。」

她氣笑了。「你也知我是蒲州司法參軍，我的上官是蒲州刺史，等裴大人當上了蒲州刺史再來下令與我，現在我給你兩個選擇，一是你自己乖乖跟我走，一是我打暈你帶走！」

裴行眞一呆。

拾娘知他此刻目不能視物，緩緩握掌，指節發出危險至極的喀喀威脅聲響。

「裴大人，你選哪個？」

他啞口無言，只得識趣地摸了摸鼻子。「那，我與妳走便是了，可……」

「囉嗦！」拾娘不耐煩了，揚手一把就將他劈昏了，隨即將他倒栽蔥扛在肩上，宛若大鵬展翅地點越過亂石堆，邊扣指抵在唇邊清嘯一聲——

紅棗！

只見遠遠一團烈火般風馳電掣而來……

第三章

幸虧他們二人當初擇的誘敵之處，就在位於衡州和潭州地界的水驛，紅棗載著他倆馬不停蹄疾馳出了十里外，堪堪脫離衡州，進入潭州的南城。

南城相同是秀麗柔婉的水鄉景致，城內水道石橋層層穿梭，隱隱透著春城無處不飛花的繽紛旖旎。

可拾娘此刻半點沒有賞花的心思，她目光銳利如鷹，梭巡著城內有否太醫署分駐在州的醫堂。

朝廷頒布醫疾令有示：……諸鎮戍、防人以上有疾患者，州量遣醫師救療，若醫師不足，軍人百姓內有解醫術者，隨便遣療。

她只希望南城有太醫署的醫堂，若沒有，也能有民間醫術不錯的大夫。

六郎的眼傷越拖只會越嚴重，後果不堪設想。

拾娘憂心忡忡地回頭看了坐在自己身後馬背上的裴行眞，他清俊臉色蒼白，雙眸用帕子縛住……為免見光迎風，傷得更加厲害。

「拾娘，別怕。」他大手信任溫柔地環在她的纖腰間，低聲安撫道：「我不會有事的。」

她咬了咬唇。「我定會找人治好你。」

拾娘飛快別過眼，很快眨去眸底潮意，又恢復冷靜，驅策馬兒紅棗小心避開行人，往更熱鬧的大街奔馳而去。

片刻後，他們終於打聽到了南城最老字號的醫堂所在……

拾娘攙扶著高大修長的裴行眞下馬，冰冷的小手緊緊握著他的，輕聲道——

「前頭有臺階，你慢些走……這裡有門檻，仔細抬腳。」

「好。」他眼前一片黑暗虛無，隨著拾娘的引導一點點地下腳行動。

雙目看不見，裴行眞聽覺嗅覺反而越發靈敏了幾分，他聽見四周安安靜靜，只有兩人鞋靴踩在碎石子上的聲響，漸漸地聞到了各種藥材摻雜的香氣，當中依稀還有一縷說不出的微酸氣息。

不是草藥之氣，倒像是……

砰砰砰！

拾娘拍門聲響起……

「有人在嗎？我們前來尋大夫，大夫在嗎？有人在嗎？」

不一會兒，有個蒼老的聲音由遠至近嚷著，夾帶一絲火氣和煩躁……

「來了來了，急什麼急？都要把門給敲散了，沒見老夫正忙著呢！」

門扉打開的咿呀聲，伴隨著越發濃重的藥香氣撲面而來，那縷子酸氣也更明顯。

裴行真仔細回味辨認，終於想起了那酸氣是燒煉丹藥的氣味……還不及深思，自己已然被攙扶安置落坐在一處蒲團上。

他聽著拾娘沉穩地向大夫述說情況，而後是眼前帕子被解下，大夫緩了口氣，蒼老的嗓音響起。

「這位郎君，你現下眼前可看得到老夫的手麼？」

他緩緩睜眼，只覺眼前隱約有東西微微晃動，只是依然一團白光和黑影不斷交錯干擾著，他努力想聚焦看清一些，眼睛又開始受到刺激泛淚……

裴行眞心下微沉，還是鎮定地說描述「所見所感」，不忘補充了一句：「大夫，此刻和稍早前相比，我已覺得不疼了許多，料想應當無事的。」

「你聽大夫說便是！」拾娘忍不住輕喝。

她自然明白他是無時無刻都藉機寬解、安慰自己，可叫她心疼又著惱的是，都這個時候了，他還掩飾太平地逞什麼能？

老大夫默然許久，再開口時，語氣有些凝重。「郎君暫且閉上眼，容老夫先去取來些敷眼的藥膏試試……也虧得郎君和女郎處置得當，用江水沖洗，總算未讓生石灰燒壞了眼。不過，郎君自己心裡可能要有個底，往後即便好了，恐怕也會落下平日視線忽然模糊、入夜容易看不清的老症候。」

裴行眞感覺到了緊挨著自己的拾娘身形一震，他安慰地握緊了緊她的手。

「多謝大夫，除此之外，可還有要注意之處？」

「這大半個月雙目還是蒙上布巾爲好，少思多眠，心神鬆快，」鬢髮花白的老大夫看著他們，不知想起了什麼，嘆了口氣，語氣和藹慈祥了幾分道：「你還年輕，將來有朝一日養著養著就痊癒了也說不定，人生在世，沒什麼是闖不過的坎兒。」

裴行眞頷首，眞誠道：「大夫聖手仁心，句句都是金玉之言，裴某自當遵循醫囑。」

老大夫撫鬚笑了，滿意道：「年輕人聽勸就是好，懂事就不會吃虧。」

「大夫，」拾娘忍不住插嘴問：「他身體這樣的情況，可受得住舟車勞頓之苦？抑或是該當先好好休息幾日？」

「我眼傷不耽誤趕路的。」

老大夫沉吟了一下。「這⋯⋯按理說，瞳眸最爲脆弱，傷著了最忌高熱強光，風霜疲憊之苦，郎君若不想雙眼早早落下失明的殘疾隱憂，眼下自是該尋個陰涼舒爽之處好好養一陣子，如此才是良方。」

「好，就這樣辦。」拾娘果斷決定。

「老夫先去後頭斟酌藥膏和後續將養的方子了。」老大夫道：「兩位稍坐……對了，自從老夫潛心研藥，再無心對外開張，藥堂三天打魚兩天曬網，便也沒有藥童夥計，自然上不了茶，你倆便忍忍罷。」

裴行眞不禁失笑。「大夫客氣了，您願意施以援手，我倆已感激莫甚。」

「多謝您，我們不渴。」拾娘冷豔面龐一臉認眞。

直到老大夫腳步聲去得遠了，裴行眞嘆了口氣，罕見地輕蹙眉頭。「拾娘，此事不妥。」

「有何不妥？」

「多留一日，多一日風險，況且妳我職責在身……」

「現在沒有什麼比你的眼睛重要。」她強硬地道：「這天下少了你一人操勞，也不會就此土崩瓦解，可若你因此目盲，後半生我願做你拐杖陪你前行，但誰又能代替你的雙眼，爲你看盡這人世間諸多大好風光？」

裴行眞被堵得理屈詞窮，同時間心頭也不由深深泛過一陣暖流震盪，暗生歡喜。

……拾娘果然好生疼我。

「六郎這次聽我的。」她低聲道：「你所擔心的那些都不會發生的，論奔波行走謀事打架，我卓家有的是人，只要你一句話，無須投鼠忌器，我便請阿耶派些阿兄們來，輾都把他們輾平了！」

說來，此番也是他們兩人托大，更該怪她心軟，一時不察，才叫六郎中了埋伏。

往日卓家軍曾與走東西那支鹽梟有舊，蓋因當年陰山之戰前夕，朝廷大批糧草軍鹽藥材被大雪阻路在山間，是鹽梟堂口情義相挺，走曲折險惡河道押送了一批私鹽祕密送進惡陽嶺。

爲這一趟艱難凶險的任務，鹽幫兄弟死傷無數……

此功勳大義只有李衛公和阿耶知道，他倆本想爲東西支鹽梟堂口向朝廷請功，並雙雙建請聖人能開金口，允下此鹽梟堂主能光明正大入籍長安商戶，得有一席安身立命建業之地。

因自前朝至今朝，鹽池和鹽井向來開放與民共營之，免於徵稅，可二者開採取得畢竟非尋常庶民可及，便漸漸成了官鹽與地方勢力的民鹽共掌商市……民間百姓買鹽價格時常居高不下，鹽梟自然再度於暗處崛起。

可若能堂堂正正做營生，誰又想和兄弟們只能躲躲藏藏，在官府眼皮子和刀尖底下掙著幾分利？

可惜李衛公和阿耶的舉薦卻被鹽梟堂主悍然拒絕，也自從那日起，東西支鹽梟忽然銷聲匿跡……

拾娘還是在阿耶某次大醉後，才從他口中略得知一二。

「……舊恨難忘，也莫怪……」阿耶喃喃，神情黯然地搖了搖頭，又仰頭灌了一大口酒。「也罷，也罷。」

拾娘便是因此，對鹽梟有了一份特殊情誼和感懷……誰知卻反害了六郎。

「我自然對卓家叔父的人馬有信心，只是還不到驚動他們的時候，」裴行眞柔聲道：「況且妳我心意相證，裴卓兩家結爲姻親指日可待，定然動了朝中某些人的那根筋……保不濟有人會乘機向聖人進讒言，說兩家文武勾結勢力強大，必有陰謀計較云云。」

拾娘心一緊。「你怕嗎？」

「我有甚好怕？」他微笑。「我翁翁都樂見其成呢，況且聖人雖然是無上帝王，卻有海納百川的胸襟英明，並非那種偏聽偏信的君王，如果聖人忌諱這些那些，當初也就不會親自爲平壽縣主和劉尚書主婚。」

拾娘猶豫了一下，明知四周無人，還是越發壓低聲音。「我知平壽縣主是長沙長公主的長女，但當中難道還有其他內情瓜葛？」

他頓了頓，輕聲道：「長沙長公主昔年下嫁天策府馮問師，玄武門之變後，因息王和海陵郡王的緣故，從此閉府不見聖人，不認爲弟。」

拾娘面上也微微變了顏色。

聖人心胸再寬大，再廣納善言，可玄武門之變……就如同霍王謀逆一樣，都是扎在聖人心上的刺，更是朝野心知肚明卻不可明面言說的「祕事」。

「……平壽縣主乃長公主愛女，只小了聖人幾歲，素來舅甥情誼寬厚，當年不忍母親和舅父姊弟永生隔閡，便自願替聖人籠絡息王舊臣，下嫁劉尙書爲繼室，聖人心疼她，便親身主婚，還賜了平壽州縣爲縣主封地做嫁妝。」

拾娘聽著這些祕辛，幾乎目瞪口呆。

好半晌後，她才勉強找回了聲音。「……咳，這些隱誨之事，六郎怎會知道？」

「翁翁說，朝野皇家無小事，知道得越多些，就越知道該忌諱什麼安全些。」

他忘了自己眼傷，慧黠打趣地眨了眨眼，卻在下一瞬又惹得眼油淚水直流。

「嘶……」

「安全什麼呀？」拾娘心驚膽戰地忙抓起布巾牢牢把他雙眼束綁了起來。「連眼傷都不顧，大人是三歲小兒嗎？」

他自知理虧，乖乖低頭任訓。「拾娘莫氣，我下次不敢了。」

她又好氣又好笑，暗暗磨牙。

想初見時裴大人何等睿智練達，越相近更敬佩於他推案時的神機妙算、洞察人心……可自從他們情投契合、心意相通後，她怎地覺著裴大人越發少年稚氣愛撒嬌了？

裴行眞最會順著桿兒往上爬了，感覺到她心軟，修長大手先是捏著拾娘的胡服窄袖依戀地搖了搖，而後順勢將她一把拉坐在了自己腿上，鼓起勇氣摟緊了她纖細勁瘦的腰身。

拾娘從未與男子這般親暱貼近過，臉蛋瞬間爆紅，跌坐在他強健有力大腿上的身軀更是一僵，霎時像是遇著了獵人的猞猁般靜止不動……一時間竟不知道要齜牙亮爪，還是該抽身竄逃？

可就在她羞赧得想要掙脫起身的剎那，忽感覺到他高大結實溫暖的胸膛朝自己後背一貼，頸項一熱……

他頭臉依偎貼靠在她玉頸耳垂畔，輕輕嘆息。「好拾娘，勞妳借我靠上一靠罷……」

她呆住。

「拾娘，六郎真有些累了呢。」他低沉清雅嗓音裡終於流露出了一絲疲憊。

她一怔，剎那間眼神柔軟心疼了起來，便靜靜坐著任憑他環抱。

「累了便好好歇一歇，」她低聲道：「我在。」

靜謐無聲間，自有脈脈情深流淌……

裴行真眉眼被巾帕縛住，眷戀地擁著她……蒼白俊美的面龐，嘴角微微上揚了。

真希望這一刻的繾綣能延長得更久、更久……

等等！

他倏然蹙起清眉。「拾娘……這大夫去得是不是太久了？」

拾娘美眸瞬間銳利如鷹，她迅速起身，手摁腰間刀柄。「大人，此處爲藥堂主屋，四面門窗大敞，四周沒有腳步聲，沒有兵器擦摩聲，當非敵襲……但情況確實不太對，我去內堂看看！」

「妳千萬當心。」他叮嚀。

「可大人你自己一人在此……」她猶豫了一下。

「不妨事的，」他催促。「拾娘去罷。」

「屬下速速就回。」她一咬牙，還是敏捷閃身而去。

裴行眞身姿筆挺而坐，悄然摘下了契苾針緊握在掌心。

◆

魏博地界，重巖疊嶂內一處山谷……

三支青朱玄色令旗昂揚獵獵在風中，各分三處迅如游蛟般穿梭於鬱鬱蒼蒼的林野之間，伴隨著陣陣悶擊如雷鳴的馬蹄飛踏而過，還有驚心動魄的刀光劍影，忽隱忽現，殺氣奔騰。

一名高大魁梧，滿面鬍鬚，渾身重甲的中年男子佇立在搭建而起的高臺上，盔甲衛士護守左右，刀劍弓箭不離手，目光犀利地環顧周圍。

一身重甲的魏博節度使田承嗣忽然對擂鼓手一示意。

擂鼓手得令，揮舞巨大鼓棒，在牛皮大鼓上迅猛有力地擂起了特定的鼓點落聲。

砰砰！砰！砰砰砰！

砰砰！砰！砰砰砰！

三千騎兵原在林間激烈交戰，而後三支青朱玄色令旗在各自旗手帶領之下廝殺出林，奔馳來到空曠草地上，隨著鼓聲的擂動開始變化對陣……

忽地騎兵三分為五……春為牝陣，弓為前行；夏為方陣，戟為前行；季夏為圓陣，矛為前行；秋為牡陣，劍為前行；冬為伏陣，楯為前行……五陣倏爾以四合攻一，被攻者如何化爲銳陣破之，倏爾呈雁行陣，反客爲主如大雁領行，翼兵左右包圍殺敵……

高臺上將領們看得熱血沸騰，振臂高喊著爲自己麾下副將領兵的軍隊鼓勁兒。

田承嗣對身旁神情鄭重的心腹幕僚道：「李衛公當年得其舅父韓擒虎傳授九軍八陣法，用兵如神，陣形悍兵所到之處皆是戰無不勝、攻無不克，九軍八陣法機妙非常，可惜除李衛公外，無人可驅策……不過我田家軍這五陣，想來也不遜色多少。」

「田公高見，」心腹幕僚拱手讚道：「李衛公雖戰績赫赫，畢生從未嘗一敗，可自陰山之戰後，便已卸甲歸府，兵權上繳聖人，九軍八陣法再厲害也沒了用武之地。但田公您麾下三千騎兵，既是奇兵也是死士，只要田公一聲令下，何愁哪處不破？」

田承嗣神情莫測高深，眼底深處卻掠過了一絲得色。「我田家軍淬鍊得這般悍勇凜不畏死，也不過是自保罷了。」

「那是，那是。」心腹幕僚知情識趣地點頭，忙道：「如今田公又有潞州薛氏做親家，更是如虎添翼……想那潞州乃出了名的漁米豐厚之鄉，商路往來之道，每年收得的稅賦除了上繳長安的份額外，糧倉州庫裡稻穀金銀錦帛等，還是存得滿滿當當，大郎君結的這門親，值！」

「值是值，」田承嗣意味深長沉吟。「可天下事萬變不離其宗，人有不如我有，自古皆然。」

「田公說得是。」

「不過，說來也是這兒媳不曉做人，平時私下裡對舅姑盡是微詞也罷了，」田承嗣假意嘆了口氣。「她嬌驕成性，平日拘著不許我兒偶去姬妾處過夜已非爲妻之道，日前宴上竟連區區一個侍女奉酒，都惹來她大發怒氣，不顧尊長在場，便對我兒惡言相向，最後還當著滿席賓客揚長而去……哼，眞不知這薛親家究竟是怎麼教養的女兒？」

「田公和夫人俱是世間少見的寬厚大度，大郎君更是溫文儒雅忍讓再三，否則哪能容得了女郎家家這般……驕縱。」心腹幕僚這番話裡有一半是奉承，一半也是發自內心。

只因那日席上他也在，親眼所見薛家女郎滿頭朱翠豔麗如神仙妃子，偏生嬌蠻任性目中無人，抓起金盞就往大郎君身上砸，還一迭連聲喊人把那侍女拉下去打死。

就連田公沉下臉，親自開口說合，還被薛家女郎拿話給堵了回去——

「……您既拿了我阿耶的好處，就不該徇私偏袒大郎，況且拜堂那日，您不是當著滿堂賓客和我阿耶面前說過，田家有幸娶了我這樣的佳婦，往後便會拿我當親女兒那般疼嗎？」

「妳！」

「虧得您當初還口口聲聲說薛田結親便是一家，話猶在耳，如今田家卻為了個卑賤的獻酒侍女便拿我撒氣，要我給夫郎臉面……」薛凌靈氣憤冷笑。「……大郎是您田家的命根子，我也是我薛家的珍寶，若您要再這般仗勢尊長胡亂撒氣，就莫怪兒媳馬上返回潞州找我阿耶主持公道了！」

心腹幕僚想起那日田公臉上一閃而逝的戾氣……他有一刹那眞眞擔憂田公會被激怒得不顧大局，反手抽刀就抹了薛家女郎的脖子！

唉，也不知薛嵩究竟是怎麼想的，養出這樣的女兒，到底是成心禍害夫家還是帶累娘家？

「她把薛家借田家威勢，對外可狐假虎威之事一筆抹煞了，只說田家拿了薛家多少好處，」田承嗣大手撫摸著腰間魚符，面色沉痛而感慨。「我田承嗣是正大光明的眞小人，可不屑做那沽名釣譽的僞君子……既薛家如此想我，我田某又豈能白擔了這個罪名？」

心腹幕僚跟在田公身邊多年，聞弦歌而知雅意，心念一轉，立時義憤塡膺地道：「兩家合婚結盟本爲安民利民，田家更是犧牲良多，可惜您一腔熱血情義竟遭如斯曲解踐踏，田公受屈，便是魏博受辱，近日魏博五州地帶坊間，當自有風聲流傳，好教世人爲您討個公道回來！」

田承嗣大手拍了拍心腹幕僚的肩頭，喟嘆。「我用心良苦之意，也只有你能體察一二了。」

「田公受累了。」

底下三千死士廝殺演練正酣，田承嗣再撫鬍鬚，舒心地一揚手臂握拳做號。

另一旁站立在大銅鑼旁的軍士急促敲擊……鳴金收兵！

田承嗣豪邁親切地讚許了底下聚攏歸隊、行伍有序的三千騎兵幾句，這才大馬金刀地緩緩步下高臺。

就在此時，居高臨下的田承嗣眼角餘光敏銳地瞥見了高臺下首左右簇擁的數百衛士間，最後頭有個身影悄悄想遁走。

他虎眸一凝，二話不說攫過一旁衛士的弓箭，健臂揚弓、搭箭疾射而出！

那身影悶哼一聲，後背中箭鮮血飛炸……仍死命掙扎爬起要逃脫。

可下一箭又追星趕月瞬息而至，從那人後頸穿透而過，硬生生將人釘死在地面上。

「田公！」

「大人！」

「保護節度使！」

騎兵和衛士大驚轟然奔來，訓練有素地有人將他團團保護得固若金湯、潑水不盡，有人則迅速上前檢視起那中箭身亡的「細作」。

「大人，此人是生面孔。」

田承嗣冷冷道：「嚴查！」

「喏！」

✦

藥堂內室，拾娘半蹲在伏臥於地一動也不動的屍體身側，手指從其耳頸間脈搏離開……神情沉重。

老大夫已經氣絕身亡，側著的慈祥面容凝結在痛苦的那一瞬，下腹部位置滲出了一大片鮮血……身子猶有餘溫，尚未進入屍僵狀態，顯然死亡時辰還不到半刻鐘。

正堂到內室中間連接著一條短短的抄手游廊，約莫十幾步左右，內室極大，亂中有序地堆疊陳放著各種瓶瓶罐罐和缽碗碾盤，還有許多她不曾見過的陌生器物。

裡頭還有一個缽，缽內點點青綠細末如鹽粒，猶如上了層光華瑩潤的釉色，細碎中透著微微閃光，隱約有水。

她端起那只缽，正想仔細看清是何物，卻忍不住連連咳嗽了起來，只得迅速以袖掩鼻，立時把缽放了回去。

自古醫毒不分家，醫堂藥館裡有些個東西，果然還是不要亂碰亂摸得好。

拾娘撇開那奇怪的缽物，開始專注地查找起蛛絲馬跡……

內室四下明顯有被翻閱抄檢過的痕跡，尤其是密密麻麻的櫃子，拉開關闔的幅度不一致，以至於從上到下，恍若沿山壁而鑿出的一層層錯落梯田。

也不知抄檢之人有沒有在近五、六十格的藥櫃匣子裡找到他要的東西？拾娘每個地方都不放過，一寸寸檢查了起來，她繞過那大排高得幾乎觸頂的藥櫃，赫然發現後頭尚有一個通往外面的小門。

推開小門，踏入日光下，外頭是頗爲寬敞的一片後院，竹竿搭成的架子上一只只笸籮曝曬著各種藥材。

她走到圍牆處，對著那扇明顯只防君子不防小人的竹製後門，面露思索。竹製柵欄後門無論從裡頭還是外頭都能扣上木栓，由此便知南城民風素來之純樸……

前門須得穿過抄手游廊和藥堂正室，但有她和六郎在，所以行凶者只能自此門逃離。

她目光如炬，一點一點查看竹製後門和木栓上，只可惜在上面卻檢視不出任何異狀，既無絲毫血絲痕跡，也未曾勾纏到衣袖絲線等物。

「看來凶手很熟悉這裡，」她微瞇起眼，喃喃：「且極有可能在我與六郎登門訪醫前，就與老大夫在內堂內……」

拾娘回想起老大夫在開門的剎那，臉上尚未來得及消褪的一抹惱意和紅暈，再對比適才內堂裡被翻檢的跡象，不難推測出，許是行凶者本就身處內堂。

拾娘推測，那人正在翻找什麼東西，卻被老大夫逮著了，或許老大夫正在訓斥間，又正好被他們上門求醫打斷。

只是老大夫醫者仁心，還是回到內堂取藥，但那人當是找到了他想要的東西，老大夫便與之爭執搶奪，拉鋸間陡然慘遭毒手……

她眼底閃過隱隱愧疚之色，心情也不由沉重了三分——倘若她再敏銳機警一些就好了，也許老大夫就不會遇害。

一如她若在早前更加盯緊那個鹽梟，甚至一開始就搶前卸了他的胳膊，那麼六郎雙眼也不會遭受此劫。

她神情黯然，越發自責起來。

「拾娘！」

熟悉的清朗溫潤嗓音擔憂而模糊遙遠地響起，她心神一震，剎那間顧不得陷入自我的內疚耗磨，二話不說急急趕至前頭的正堂。

可她在抄手游廊就看見了他高大修長的身影，正小心而踉蹌摸索地一路而來。

拾娘從不是那等心緒脆弱易感之人，可在這一霎，她止不住熱淚盈眶……一個箭步上前緊緊撲抱住了他！

裴行眞嚇了一跳，還是穩住了身形，在感覺和嗅聞到拾娘身上清洌的氣息時，不禁釋然地笑了起來，反手攬緊了她。

「……還好妳沒事。」

「六郎，都是我不夠強。」

他一愣，忙柔聲問道：「拾娘怎會這般小視自己？怎麼了？發生什麼事了？」

她低道：「老大夫死了。」

裴行眞沉默，一嘆。「遲遲不見他出來，果然……」

「大人，是屬下的錯。」

他猛地握緊了她的手，正色道：「這與妳有何相干？」

「我是武官，本該眼觀四面耳聽八方，可我一而再、再而三忽視了危機逼近之兆，未能及時反應防堵——」她聲音緊繃嚴肅。

「那我豈不是更要自疚辭官了？」他輕聲道：「身為文官本該思慮敏捷，見一步想十步，預判所有人的想法和行動，尤其我還是堂堂刑部左侍郎，歷年來審理案件不計其數，更不該犯錯和失誤。」

她心一緊。「大人，不是這樣的。」

「拾娘，妳我身在這個位置，信念須堅韌強悍，也當捍衛守護家國百姓和律法，可很多時候也得認清，我等不過一介凡人。」他語重心長地道：「誰又能眞正回回算無遺策？」

「大人……」

他雖目不可視，依然笨拙地抬高手試圖摸摸她的頭撫慰。「雖不能未卜先知，可我們能亡羊補牢，找到凶手，以告慰老大夫在天之靈。」

拾娘心頭發熱，斷然果決地重重點頭。「是！」

「妳領我到老大夫陳屍之處，我雖然現在跟瞎子沒兩樣，可還是能幫忙守住現場，」他一頓。「我們在這南城不熟，若想找出凶手，得借助當地官府之力。」

況且除了特殊情況外，否則按唐律和刑法章程辦事，相驗屍體現場之時當有地方縣官或主簿或衙役等同行，方爲正理。

雖說他身爲刑部左侍郎，自然有便宜行事的權力，可如今他眼傷不能視物，只能全部委請拾娘驗屍查案。

他自然對拾娘能力有全盤信心，但眼下長安朝局詭譎多變，衡州帳冊和紅綃案等等……他們已經成了某些勢力的攔路石，拾娘以女兒身爲官辦案，在朝間也不是沒有人妄加議論，想藉機拉她下馬……

即便她身後有卓家軍和裴家做靠山，但他也想爲拾娘多尋一些人做爲倚仗和佐證，絕不讓朝中某些不長眼的東西有藉口攻訐拾娘。

只是這些，他不能對拾娘盡數訴諸於口……

「屬下明白，」她頷首。「我這就去縣衙。」

✦

南城縣令和主簿收到消息匆匆趕到，一干衙役也緊隨而行。

「下官南城縣縣令韓元，拜見裴大人。」清秀青年身著官服，領著主簿等人忙上前見禮。

裴行真蒙著眼，氣定神閒。「無須多禮，想必卓參軍方才已向韓縣令簡略提及命案發生始末？」

「是。」韓元恭敬執手。

「卓參軍乃蒲州司法參軍，是聖人親筆欽點提調入長安，協助刑部辦案，今日老大夫命案，如果韓縣令沒有旁的意見，便由卓參軍統總偵查和驗屍，請韓縣令一旁頂力支援。」

「這是下官份所當爲，請兩位大人任意遣派便是。」韓元忙道。

拾娘見裴行眞從容不迫地胡坐在老大夫屍首外沿位置，牢牢看顧著現場，深呼吸抑制住心酸的衝動，恢復冷靜地走近——

「大人，請容屬下先爲老大夫驗屍。」

「有勞。」他露齒一笑。

韓元雖遠在江南道南城，卻也從朝廷邸抄中得知這位蒲州司法參軍卓拾娘的能耐，眼見她要親自驗屍，不免有些躍躍欲試，脫口而出——

「不知下官可否在一旁觀摩？」

拾娘正取出隨身的那卷驗屍器械，戴上薄薄的鹿皮手套，聞言一滯，懷疑地望向他。「韓縣令往常可親自參與過仵作驗屍？可有相關經歷？」

清秀的韓元赧然一笑。「下官有過經驗的，只南城是小地方，縣衙仵作一年也驗不了幾具屍體……」

裴行眞有些聽不下去了，清咳了一聲打岔道：「這代表韓縣令治下的南城百姓一向安居，罕有命案，正該合掌稱慶才是。」

他語氣流露出一絲醋味。

別以爲他現在眼睛不好了，就感覺不出這年輕的韓縣令那股子對拾娘歡喜與欽佩的仰慕之情……嘖！

「多謝裴大人，」韓元傻笑，感激地拱手。「這都是下官該做的，不值當什麼的。」

「……」裴行眞被噎住。

拾娘向來對這些微妙的情緒魯直無感，尤其她現在滿心都惦念著驗屍，趕緊能讓凶手落網成擒，略一沉吟便點頭同意。

「老大夫明顯刀傷致命，也許還不需用到剖驗之技，但韓縣令既有心，便從頭到尾親自盯場也好。」

「多謝卓參軍！」韓縣令大喜，高高興興地跑過去。「下官需要做些什麼？」

拾娘遞與他幾顆小小的辟穢丹，命他含於舌下。

裴行眞勉強自己不要注意力一直往那頭去，內心反覆叨唸了三次——我家拾娘只心儀我，旁的閒花野草都是滓渣——而後努力專注地問起主簿：

「這位老大夫可還有家人？平時可與鄰里或誰人較親近？能不能找到熟識的人，調查他尋常有沒有與人結怨過？或者可曾有病患與之起過爭執？」

主簿戰戰兢兢地忙攤開錄冊。「回裴大人，老大夫名叫董良之，據冊所載，是二十五年前才自隴右道遷至江南道，在此落腳開辦醫堂。老大夫醫術不錯，在坊間頗有名聲……」

「我與卓參軍今日初到南城，在街邊隨處打聽了幾名行人鄉親，都說董大夫醫術好，所以我們二人便上門求醫，可董大夫幫我診治之時，卻說自己現在潛心研藥，三天打魚兩天曬網，便連醫童夥計都遣散了，此事你可知？」

「這，請裴大人見諒，」主簿尷尬起來。「南城說大不大，說小也不小，約莫有近萬民百姓，晚生實在……」

「是我心急了，」他溫言道：「董大夫戶紙上可寫有其他人？」

主簿暗暗抹了把冷汗，續道：「董大夫有一女，三年前嫁與白毫茶樓少東家白鳳翔。大人，我等已讓衙役通知董娘子和白郎君速速趕來。」

「讓衙役去鄰里查問過了嗎？」

「董大夫藥堂所處之地頗爲僻靜，鄰里不多，不過方才我家大人已經命衙役去帶人了。」

正說話間，一名英俊修長男子攙扶著一位嬌小女郎跌跌撞撞而來……

「阿耶！我阿耶呢？」

「丹娘，妳莫急，當心身子……」英俊修長男子緊緊扶攬著她，滿頭大汗。

董丹娘下意識捂住自己的肚腹間，緊咬唇瓣，眼淚卻落了下來。「我……我怎能不急？衙役說我阿耶出事了……到底出了什麼事？我阿耶在哪裡？我要見我阿耶……」

拾娘正背對著她，面色嚴肅凝重地檢視著屍首，董老大夫被翻爲仰躺朝天，上半身衣衫解開，露出黯淡沉著的膚色和消瘦身軀，以及肚臍上方那一處致命傷。

她蹙眉，本能先檢看董老大夫的十指顏色，指尖也有同樣暗沉，只是老大夫左右手微呈現虛虛圈握之勢，彷彿曾抓著什麼，掌心指腹有被硬物絲絲刮劃過的傷痕，乾涸的鮮血混雜凝固在其中，而指甲縫裡有點點青色細末……

老大夫袖口也沾染了相同的青色細末，她刮了些許，在指尖輕捻一嗅，味澀，隱隱有鐵鏽氣。

雖然氣味不重，但她忽然又有打噴嚏的衝動了……

「卓參軍，怎麼了？」

她回過神來，搖搖頭，再度專注回老大夫的屍首上。「……死者傷口約莫十寸，自上而下，先插入後下劃，凶手應當與死者十分熟識，能夠近身而不令其警覺防備，且這一刀快狠準，毫不遲疑，凶手對死者可能有極大的恨意或怒氣。」

她邊勘驗邊評斷，韓縣令連忙邊填驗屍格。

董丹娘一聽之下，腦子一轟，臉色慘白，膝腿癱軟……幸虧夫郎白鳳翔及時接住了她。

「丹娘！」

「阿耶……」董丹娘驚慟過度，登時厥了過去。

第四章

白鳳翔緊抱住了妻子，滿面惶急拚命叫喚：「丹娘……丹娘妳醒醒……妳別嚇我，妳、妳千萬不能有事……對、對，孩子，妳肚裡還有孩子呢，便是爲了我們的孩子，妳也要堅強挺住……」

拾娘不受身後騷動干擾，繼續道：「刀口在肚腹間，戳破內臟造成瞬間大量失血而亡。」

「卓參軍，依妳研判，凶手用的是什麼刀行凶？」

「傷口往上劃拉十寸，此刀不大卻尖銳鋒利，最有可能是六至七寸匕首之類。」

她蹙眉。

……只是現場不見刀具匕首凶器，料想是被凶手帶走了。

韓縣令想了想，猶豫道：「會不會是開瘡刀、平刃刀、月刃刀中其一？」

拾娘眼神一亮。「韓縣令也懂醫？」

韓縣令臉微微紅了。「下官翁翁早年是醫官，也通金針刀砭之術，幼時曾見翁翁爲有瘡疾的病患割除縫合，所以略知一二。」

「原來如此，」她再仔細研究那處致命刀傷，也讓韓縣令上前細看。「你也來辨認，這傷口大小和狹寬程度，可能是其中哪一種所致？」

他有些受寵若驚，微帶拘謹地近前，詳細看了後神色堅定地道：「卓參軍，下官覺著定是開瘡刀無誤！」

「怎麼說？」

「開瘡刀最薄利鋒銳，取其速入急出。」他指了指。「您看，傷口平整乾淨俐落，劃肉如切豆腐。」

她長吁了一口氣。「如此一來，便說得通了，那麼我們當盡速找到那支開瘡刀來做比對，還有弄清楚刮劃傷他手心的東西是什麼——」

「拾娘速來！」裴行眞清揚嗓音響起。

拾娘聞聲，想也不想立時褪下鹿皮手套，幾大步便趕回他身邊。「大人？」

裴行眞乘機握住她微涼的小手，面上故意露出一絲急色。「董老大夫的女兒身懷有孕，適才驚聞噩耗昏厥了過去，還請拾娘幫著看一看。」

「大人別急，我來了。」她看到他蒙著的眼，不由又是心下一酸。「六郎，你的眼傷始終未上藥……」

「命案重要。」他神色自若，樂觀道：「無妨的。」

「我方才在縣衙已請韓縣令延召幾位南城有名的大夫來此，待他們到前頭藥堂，大人千萬先讓他們診治才好。」

他嘴角微揚，笑意繾綣。「……我都聽拾娘的。」

她握了握他的手示意，剎那間只覺彼此心靈相通，無須再多言語。

白毫茶樓的少東家身形是典型的江南道男子，儒雅俊秀如青竹，談吐溫和卻略顯文弱，此時面對昏厥不省人事的妻子，滿面慌亂焦急，束手無策。

拾娘過去，對著董丹娘的人中穴一摁！

「大人輕些，我妻子眼下正懷著身孕，別萬一有了閃失，」白鳳翔慌了。「我們夫妻等這孩兒到來，已經盼了很久很久……」

「我自有輕重。」她在摁完董丹娘人中穴後，心念一動，下意識藉機拿捏起董丹娘手腕，假意道：「我來號一號尊夫人的脈。」

董丹娘十指纖纖，膚嫩雪白，並無刮傷之痕。

她不動聲色地將董丹娘手再放了回去，瞥向白鳳翔的雙手……依然是一雙養尊處優、潔白無瑕的手。

拾娘緩緩舒了口氣，也不知是失望還是釋然。

須臾後，只見董丹娘悠悠醒轉過來，茫然四顧。

「阿耶……我阿耶……」

「請節哀。」拾娘輕聲道。

「妳是誰？妳怎麼會在我阿耶家？」董丹娘漸漸回想起適才的一切，霎時激動了起來，抓住她的手臂。「是妳——妳剛剛說我阿耶被人殺了，怎麼會發生這樣的事？我阿耶平時行醫施藥，最是親善不過，究竟誰會忍心害死我阿耶？」

拾娘猶豫了一下。

「董娘子請冷靜些，事情來龍去脈是這樣的……」裴行眞朗聲簡略說了一遍。「還請節哀，如今還是盡速找出凶刀、抓到凶手，才能爲令尊主持正義，討回公道。」

董丹娘呆呆地看著她和裴行眞，哽咽喃喃：「對……我要讓那個凶手血債血償……阿耶……我的阿耶……」

「董娘子，妳可知董老大夫平時有沒有與誰結怨？」裴行眞問。

董丹娘目光望向董老大夫屍體，滿眼悲痛哀淒，她掙扎著想起身朝父親方向靠近，白鳳翔不放心她的身子，還是硬攔住了她。

「丹娘，岳父在天有靈，也不捨妳哭壞了身子，況且妳還懷有身孕，大意不得。」

拾娘正命衙役去搬來架屏風把董老大夫屍身遮擋住，聞言不由眉心一蹙。

……從他們夫妻踏入此處起，白鳳翔就一再提醒董丹娘懷孕之事，要她無論如何都要爲孩兒保全身子。

說個一次兩次是愛妻情深，可說的次數多了……難免令人生出隱隱不適來，好似他關注腹中的胎兒遠遠勝過董丹娘這個母體。

偏董丹娘聽見了這話，淚光瀅然地仰望著夫郎，一臉依戀感動。「夫郎你放心，我定會護好咱們的孩兒的……」

拾娘冷聲道：「董娘子，妳還未回答裴大人的問題。」

董丹娘一顫，怯怯地道：「是、是……我阿耶性情雖然有些古怪，有時像個老頑童，但他一向醉心醫術，這些年來救治過無數病患，病人們只有讚他好的，至於旁人……阿耶性子直，偶而同人爭吵拌嘴難免有那麼一、兩樁，可南城就這麼小，抬頭不見低頭見的，也沒人當眞會因此生怨。」

「所以妳的意思是，印象中妳阿耶未與人結怨，但確實曾與人起口角？」裴行眞再問：「——那人是誰？住在南城何處？可還記得是爲了何事爭吵？」

「這個……」丹娘下意識偷偷瞄了夫郎一眼，尷尬而不安。「大人，我也記不清了，當眞只是些雞毛蒜皮的小事罷了，絕不可能因此嚴重到需要殺人的地步……」

只是白鳳翔面上窘迫之情也不比她少，心虛地搓揉著指尖。

裴行眞此刻看不見他們二人的神態表情和舉止，無從敏銳觀察判斷，拾娘在旁看著，心頭又是狠狠揪疼了一下。

她眞不敢想像，若六郎眼睛當眞好不了，再也無法在刑部立足，甚至得被迫辭官，把這一身觀察入微、洞悉人心的本領從此雪藏於世……

六郎一定會很沮喪難受的吧？

拾娘努力眨去眼眶熱意，深吸氣——

「你們跟那人很熟是嗎？」

白鳳翔和董丹娘不約而同一僵。

半晌後，白鳳翔神態頹然，支支吾吾承認：「那人是……是我阿娘。」

◆

從白氏夫婦言語中得知，原來白毫茶樓的東家白大娘子原是極不同意他們這樁婚事的，只因白家家大業大，白大娘子心中早已有了兒媳人選，那便是江南道某個蘇姓大茶商家的千金。

那蘇大茶商手上握有兩座茶山，世代經營下來，可不僅僅只是家道殷實而已，若白毫茶樓能與大茶商結下兒女姻緣，那麼白家日後再不怕往常合作的茶商任意抬價，或者被旁的茶樓給攔胡了去。

白大娘子盤算得好好兒的，誰知她向來引以爲傲的英俊溫潤大兒，卻偶然在藥堂對董丹娘一見傾心。

董丹娘嬌小美麗，柔婉如柳，一顰一笑風采嫣然，讓白鳳翔罕見地違逆了母親的意思，堅決非丹娘不娶。

白大娘子險些被兒子給氣壞了，幾次嚴詞拒絕，甚至吃了秤砣鐵了心地寫了兒子的庚帖，命管家備上厚禮，讓家丁僕從強押著兒子上了舟船，便浩浩蕩蕩要去往湖州提親。

結果白鳳翔像是被迷了心竅般，竟在船開出去不遠，便毅然決然投江要以死明志。

白大娘子年輕喪夫，守寡多年，一肩挑起白毫茶樓的營生和教養獨生愛子的重擔，事到如今，她即便再惱恨再反對，也不能眼睜睜看著親生孩兒去死啊！

她最終還是屈服了，只是改爲上門向董家提婚事時，積鬱了一肚子的火氣，三兩句就吵了起來。

「……既然我兒非丹娘不娶，我白家今日嚥下這口氣，認了這門親，往後丹娘過門就該事事以我白家爲重，這在藥堂拋頭露面的事，親家就別讓女兒做了，怪丟人的。」

董老大夫一聽，頓時氣沖牛斗，指著白大娘子的鼻子罵：「帶上妳那些個破銅爛鐵給老夫滾出去，別髒了我藥堂的地兒，妳當妳兒子是什麼了不得的玉面郎君、乘龍快婿，在我眼裡他不過是個見色起意的混帳……滾滾滾！」

白大娘子萬萬沒想到自己都屈尊降貴了，這個破藥堂的窮大夫還敢跟她叫囂急眼？

她當場命人砸了董老大夫的藥堂，揚言這門親事就此作罷……

董老大夫氣得渾身發抖，沒想到董丹娘卻跪了下來，哀求著父親成全自己和鳳郎。

……後來董丹娘還是如願嫁入白家，可自那時起，董老大夫便心灰意冷起來，漸漸地只一心投入鑽研丹藥之道，原本好好兒的藥堂也荒廢了。

「……都是我不孝。」董丹娘淚流滿面。

「丹娘，這怎麼能怪妳呢？」白鳳翔囁嚅道：「岳父的性子原就執拗些，況且這三年來咱們也無數次回來討好岳父，可他老人家一不高興張口便攆人，咱們做小輩除了乖乖聽話，又能如何？」

「你不懂……」董丹娘眼底盡是痛苦和懊悔。「是、是我傷透了我阿耶的心。」

裴行真不知韓縣令所在位置方向，只能原處揚聲道：「韓縣令，勞你命衙役速速前往白家，將白大娘子請過來協助釐清案情。」

「喏！」韓縣令連忙應聲，立刻調遣人手。

白鳳翔嚇了一跳。「大人，大人為何要驚動我阿娘？我阿娘本就對丹娘諸多不滿，好不容易因為丹娘懷了身孕，她們婆媳間關係才緩和些……」

拾娘聽不下去了，冷聲道：「現在最重要的是抓到殺害董老大夫的凶手、盡快偵破命案，而不是調停你們那些個家長裡短紛爭，你這是妨礙刑部辦案，按唐律至少要枷十日，你自己想清楚！」

白鳳翔臉上血色消失大半，退縮了。「大人恕罪，草民萬萬不敢。」

見拾娘語帶威嚴，把自己的夫郎「恫嚇」壓制得他面色慘然惶惶，董丹娘撫著微微凸起的小腹，猛一咬牙——

「大人們連我婆母都要召來，還出言威脅我夫郎，這是懷疑我婆母是凶手，硬生生要把殺死我阿耶的罪名，安在白家頭上嗎？」

「丹娘，妳胡說什麼？」白鳳翔大驚失色。

裴行眞嘴唇緊抿了抿。

拾娘蹙眉。「我和裴大人並非……」

董丹娘瞥了俊俏體貼的夫郎一眼，陡然生出了滿滿的勇氣，挺直身軀昂聲道——

「我阿耶死於非命，現場就只有兩位大人在……那我是不是可以合理懷疑，兩位大人與我阿耶之死，脫不了干係？」

此話一出，四周霎時靜寂得針落可聞！

面對董丹娘的高聲控訴，裴行眞和卓拾娘神情肅然。

「大膽！」韓縣令變了臉色，正色喝斥：「裴大人斷案如神，清譽不容詆毀，卓參軍更是聖人欽點稱許的巾幗英豪，本官能體諒妳驟然喪親，神令智昏，可絕不容許妳胡言亂語，汙衊朝廷官員。」

董丹娘顫抖了一下，卻咬緊牙關堅持道：「裴大人和卓參軍都是了不得的大官，但就能證明他們沒有殺我阿耶嗎？可有人證物證？」

白鳳翔結結巴巴地忙告罪解釋：「三位大人，丹娘一時傷心太過昏了頭，她也不知道自己在瞎說些什麼，還請大人們寬宥見諒。」

董丹娘拚命強忍著不掉淚。「我已經沒有了阿耶，我也想趕緊找出害死我阿耶的凶手，要他為我阿耶償命，可我不能眼睜睜看著大人們毀我夫家……我、我已經沒有別的親人了。」

白鳳翔心下酸楚不已，摟緊了妻子。「丹娘莫怕，我們身正不怕影子斜，沒有做的事就是沒有做，妳信不過長安來的兩位大人，可咱們南城的韓縣尊上任以來清廉愛民，韓縣尊絕對不會平白看著我們受冤的。」

韓縣令尷尬地看了裴行真和卓拾娘一眼，正要喝斥，卻被裴行真微抬手止住了。

「董娘子的質疑也不無道理。」

眾人一驚！

拾娘與他心有靈犀，也隨即附和：「是，我和裴大人出現在此地求醫，並沒有旁人爲證，董娘子懷疑我們兩人是凶手，也屬正常。」

「卓參軍……」韓縣令面露擔憂。

「無事。」她搖了搖頭，而後道：「但我與裴大人卻可以爲我們自己作證。」

「何以爲證？」白鳳翔不假思索，見眾人目光齊齊望向他，不由緊張了起來。「草、草民並非疑心兩位大人，只是一時脫口而出，並沒有旁的意思。」

「夫郎，你無須認錯，」董丹娘噙著淚，越發牢牢袒護自己的夫郎。「……沒錯！既然命案發生的時候，只有我阿耶和兩位大人在，大人們若沒有足夠的證據證實自己的清白，又如何能洗脫得了這殺人嫌疑？大人們熟知唐律王法，想來也一定會給我們個交代的。」

拾娘嚴肅地看向白氏夫妻。「自該如此。」

裴行眞側耳傾聽，嘴唇微抿，心中忖度……

這董丹娘聽著柔弱婉約，方才聞知噩耗後一下子便厥了過去，縱使醒來也哀哀低泣，對其夫郎白鳳翔百般依賴。

可她剛剛話裡行間說的，卻是綿裡藏針，句句都把他和拾娘架在堆著柴火的高臺上，下都下不來，當眞好生厲害。

果然不能小覷任何一個人……尤其是女人。

「裴大人雙眼有傷，即便行動自如都做不到，又如何精準殺人？」拾娘道：「我身為武官，身手不錯，要刺殺董老大夫自然是易如反掌。」

董丹娘呼吸急促起來，望向拾娘的眼神隱隱含恨。

「但董老大夫那一處致命傷在肚腹間，乾脆俐落，可見凶手靠得他很近，而且是董老大夫無防備之人，」她目光幽深。「那一刀自上而下，凶手身形至少比董老大夫矮小上幾寸。」

衙役們聞言有些交頭接耳、議論紛紛起來。

「有道理……」

「董老大夫身長五尺四寸左右，裴大人身長近六尺三寸，我身長五尺七寸，」

她冷靜而述：「如果我二人手持利刃，要捅殺董老大夫，按起手勢會落在他胸臆之間，若要往下移至肚腹點，我們二人須得俯蹲下身子，殺自然是殺得的，卻極其彆扭……殺人講求一個出刀快狠準，否則一下捅歪了，豈不是讓受害者有掙脫奔逃呼救的機會？」

眾人一想，還眞是如此。

裴行眞朗聲問：「可有兩名衙役願出來現場驗證比劃，示與眾人？」

「大人，我們願意！」衙役們躍躍欲試。

很快地，一名身長約五尺九寸和另一名身長五尺六寸的衙役被推舉了出來，他們之間身長距離是最接近拾娘與董老大夫的。

果不其然，「凶手」作勢捅殺「被害者」，要想致命傷精準地落在和董老大夫肚腹上的位置一樣，「凶手」在出手的那一剎那，就得彆扭地略屈膝蹲下身子，手掌持有之物才能「刺入」同樣的部位。

裴行眞還提供了一支他隨身攜帶的雞距筆，與他們做爲「凶器」示範之用。

雞距筆製作特殊，以麻紙裹杜根，欲其體實，得水不漲……他配帶的雞距筆以銅鑄筆頭套著，筆身中空注滿研好的墨汁，要使用時，拔開筆頭即可書寫。

所以當「凶手」手握雞距筆，微屈身形「捅」上「受害者」的肚腹時，自然而然由下往上，墨漬在其肚腹衣衫上留下了明顯的筆直豎痕。

反之，換成了稍矮者的「凶手」對高大些的「受害者」出手，出刀動作出自本能會將手舉高些，由上往下插入，而後順勢下劃。

那各自兩道方向迥異墨漬出現的剎那，眾人面露驚奇和恍然大悟！

董丹娘面青唇白，啞口無言。

白鳳翙則是窘迫不已，目光飄忽倉皇不安地低了下來，扶著妻子的手有些微微發抖。

現場演繹證實了，殺害董老大夫之人，確實比董老大夫還要矮小。

「況且倘若是我和裴大人殺的人，以董老大夫那樣的出血量，我們身上定然會沾染到血漬，但我們身上衣襬袍角只有趕路時帶上的塵土。」拾娘拍拍身上的衣衫，果然撲簌簌落下的是黃土塵灰。

裴行眞也道：「我們的行囊就在外頭馬上，裡頭備用衣衫都是洗滌晾乾好捲起的……還有鞋，我們二人鞋面鞋底均沒有血液沾到或噴濺上的痕跡，請諸位一觀。」

在他們兩人的堅持之下，韓縣令便任意挑選了一名衙役和鄰人分別檢查她與裴行眞的鞋靴。

結果自然是在他們身上和鞋面鞋底都尋不到任何一丁點血跡。

董丹娘死死咬著下唇。

韓縣令望向董丹娘，隱隱不悅。「裴卓兩位大人都有證據自證清白——不過，若按凶手身形，或是能貼身接近老大夫而不引起他戒備的，董娘子也十分符合，不是嗎？」

董丹娘不敢置信地望著韓縣令，淚水奪眶而出。「我？我怎麼可能是凶手？那是我親阿耶啊！」

韓縣令見嬌小柔弱的董丹娘臉色一片雪白，彷彿整個人隨時要破碎凋零了……不由一怔。

再念及她不幸喪父，悲痛欲絕下思慮癲狂，也是可嘆可憐，韓縣令嚴峻的語氣不知不覺和緩了下來。

「董娘子，本官並非指妳就是凶手，只是望妳能理智些。」韓縣令一嘆。「然妳確實不該毫無證據就胡亂攀咬朝廷官員，若裴大人和卓參軍想追究，是可以治妳一個罵官罪，重則徙一年，輕則枷三日。」

董丹娘害怕不已，連忙跪下來對裴行眞和卓拾娘磕了個頭。「請兩位大人見諒，請兩位大人見諒。」

「快起來。」拾娘叫起，英氣眉頭依然未舒展開來。「妳身為受害之人的家眷，懷疑也是應該，眼下還是盡速抓到殺害妳父的凶手為要。」

「是，是。」董丹娘垂淚，在夫郎攙扶下起身。

韓縣令轉望向白鳳翔。「——白郎君，冒昧問一句，令堂身長幾何？」

「我阿娘和丹娘一般高，呃，也許還高上那麼一、兩寸，」白鳳翔直覺回答，隨即驚慌失措。「……等等，縣尊大人，您該不會疑心我阿娘是凶手吧？」

韓縣令還未開口，白鳳翔已經激烈反應起來——

「不可能！我阿娘雖然面上強悍，可手無縛雞之力，即便和我岳父不對盤，她也不會殺人，而且、而且我阿娘與我岳父平日素無交集……」

就在此時，恰恰被帶到現場的鄰人之一，一名好事的大娘忍不住插嘴：「哪裡沒交集了？幾天前，白大娘子還跑來藥堂，又找老大夫吵了一架，鬧得雞飛狗跳的，連我們家那兒都聽見了。」

白鳳翔臉色難看，破天荒大喝一聲。「這位大娘休瞎說，我阿娘前陣子親自押船去運茶，昨日夜裡方回到南城，妳便是要信口雌黃攀誣人，也別找錯了對象！」

裴行眞沉聲道：「韓縣令，但凡州城鎮出入須有過所，商船也得核實方能放行。」

「下官明白，」韓縣令立時領會，忙道：「下官馬上讓人去取城門通關過所文書來。」

「有勞。」

而另外這頭，那名大娘面對白氏夫婦的震驚詰問，也不落下風。

「我老婆子眼力耳力還好得很，是白大娘子就是白大娘子！」

「邱大娘子，我婆母究竟哪裡得罪妳了？」董丹娘顫聲問。

「可別笑掉我的大牙了，」邱大娘子不禁輕蔑地撇撇唇。「妳心裡頭還有妳阿耶嗎？不是自從嫁入了白家，就自覺飛上枝頭高人一等……也是，堂堂白毫茶樓家的少東家娘子，身分哪是我們這些平民老百姓比得喲！」

董丹娘臉漲紅了起來，羞憤難抑。「邱大娘子，妳從前嫉妒我家藥堂生意好，常常酸言酸語也就罷了，可我阿耶如今不幸遇害，妳怎麼能在這個時候出來搗亂？妳到底還有沒有良心？」

「我、我哪裡有那麼壞心？」邱大娘子瑟縮了一下，隨即理直氣壯起來。「可我說的都是眞的，明明幾日前有個女人來藥堂裡大吵大鬧，說什麼『親事』、什麼

『後悔』……那聲音聽著就是白大娘子！三年前白董兩家的親事鬧得沸沸揚揚，我們鄰里鄉親都聞聲過來，還幫著勸架，記得可清了呢——」

「住口！」董丹娘看自己夫郎臉色越來越難看了，心慌地忙喝止。「我婆母掌管茶樓和買賣鎮日奔波繁忙，怎麼會是妳口口聲聲那種任意上門鬧事的人？」

「董娘子妳可真是好樣的，難怪老人兒都說女兒賊女兒賊，嫁出去了便一心都向著夫家，把娘家都遠遠拋在腦後了。」

「妳、妳胡說八道什麼？」董丹娘臉色大變。

「我哪裡胡說了？」邱大娘子插腰罵道：「妳只摸摸良心問自己，這三年內妳回來看幾次董老大夫？妳只忙著討好自己婆母和夫郎去了，可憐董老大夫還心心念念著爲妳這個女兒撐腰……可就沒見過妳這麼不孝的，呸！」

邱大娘子戰鬥力驚人，一頓狗血淋頭的痛罵就讓董丹娘和白鳳翔節節敗退，面色如土……

裴卓兩人和韓縣令冷眼旁觀，不忙插手。

這樣激烈的衝突中，定然能嗅找出更多蛛絲馬跡……

只是董丹娘又氣又惱又傷心，忽然捂住了小腹，低低哀叫了起來：「我……我肚子疼……」

白鳳翔驚急萬分，攔腰打橫將她一把抱起。「可千萬不能動了胎氣，丹娘別怕，我馬上帶妳去看大夫！」

邱大娘子自覺闖了禍，脖子一縮，尷尬地躲到了一旁去。「我也沒壞心，這不也是實話實說……」

衙役頭兒在這一陣鬧哄哄中忙高聲提醒道：「大人……外頭藥堂主屋有幾名大夫正候著呢！」

拾娘眼睛一亮，果斷道：「所有人都移師到外頭主屋去，董娘子和裴大人都需要立刻看大夫。韓縣令，便請你留下幾名幹練的衙役在此，牢牢看守住董大夫的屍體和維持現場，決不能有絲毫破壞。」

「卓參軍您放心，交給我便是。」韓縣令重重點頭。

匆促間，拾娘牽著裴行眞的手，望向韓縣令，感激地一頷首。

「多謝。」

✦

魏博　田節度使府

「娘子，不好了！」一名貼身婢女匆匆進來，急忙反身關上了門，而後跪在薛凌靈跟前，滿頭大汗地壓低聲音道：「咱們的院子被封住了。」

薛凌靈正在把玩指間綠意瀅瀅、清幽如潭的綠寶石戒子，聞言皺眉。「院子被封了？誰敢封我的院子？我薛家的部曲是都死絕了不成？」

婢女眼底都是驚恐。「死……死絕了……當眞都死絕了……」

薛凌靈僵住，她以爲自己聽錯了。「妳說什麼？」

婢女害怕得牙關打顫，喀喀作響。「奴剛剛、剛剛要出院子……幫娘子叫喚歐陽隊長，這才發現外頭屍橫遍野……歐陽隊長心口中箭，死在門口。」

薛凌靈腦子轟地一聲，刹那間面白若死。

當初她嫁來魏博，阿耶點了五十名精悍的部曲做她的陪嫁，負責保護她的安全，領頭的就是武力高強的歐陽狩。

歐陽狩是阿耶麾下最厲害的武將之一，是她硬跟阿耶撒嬌磨了好久，阿耶才心軟地將其從軍中提調回來，任她的部曲首領。

她幾次三番敢在府中恣意打罵那些個勾引大郎的賤蹄子，也是仗勢著有歐陽狩在，可現在……現在……

「到底是誰那麼大膽殺了我的部曲？」她驚恐到極致，尖叫了起來。

婢女跪在地上，瑟瑟發抖，不敢回答。

「我要去質問大郎！」薛凌靈勉強撐起身子振作，色厲內荏地喊：「不過就是前日打殺了他一個小妾，他竟然就敢滅殺我薛家的部曲？還封了我的院子，以爲這樣我就沒法子回潞州跟我阿耶告狀了嗎？」

婢女見她氣沖沖地要往外走，慌得忙抱住她的腿。「娘子……娘子您先冷靜一下，狀況可能比您想得還要嚴重……五十名部曲都被殺死在院門外，這、這是警告啊！」

她一呆。「警告誰……我嗎？」

「娘子，無論如何，現在我們都不能輕舉妄動，」婢女一咬牙，焦灼地勸道：「娘子，現在要想想該如何把消息傳遞出去──」

「對！」她手指冰涼，心下更是寒意陣陣。「對，我得想法子通知我阿耶，讓阿耶來替我撐腰……田家不能這麼對我，我一定要田家給我個交代！」

「娘子，田家交代不交代的，眼下都已經不重要了！」

婢女見此刻危機已經火燒眉睫了，娘子還在執念著自己的尊嚴受損，幾乎眼前一黑，氣急敗壞道：「咱們該想著如何保住性命才是，田家看來是當真有大動，都不在乎和薛家撕破臉面了！」

薛凌靈猛然劈頭狠狠甩了她一個巴掌。「妳個賤奴在教我做事？」

婢女傻傻地捂著迅速腫脹劇痛的臉頰。「娘、娘子？」

薛凌靈此刻滿心滿腦的驚懼和憤怒，更多的還是束手無策的茫然慌亂……

她本就是被慣壞了的驕縱性子，自小到大都被阿耶捧在手掌心裡呵護疼愛，要風得風要雨得雨的，即便出嫁了，有整個潞州做爲她的底氣靠山，她怕過誰來？

在田府敬重舅姑，只拿小妾作筏子出出氣兒，已經是很給田家臉面了，但她無論如何都沒想到，田家不出手則已，一出手竟是血流成河……

她承認，她這一刻眞的知道怕了。

但無論如何，打死她也絕不會在卑賤的婢女面前示弱！

——她可是薛凌靈，河東道內獨一無二、驕傲珍貴的「潞州明珠」！

「我是妳的主子，」她隱隱癲狂，纖纖尖銳的蔻丹指尖深掐著婢女的下巴，聽著她呼痛的聲音，焦躁的心彷彿也稍稍平撫了一絲。「即便是死，妳也得擋在前頭替我去死，這才是忠心護主的好奴才，不是嗎？」

婢女發抖不已。「是……是……」

「現在，給我滾下去再探清狀況！」經過一番發洩，薛凌靈也恢復了些許鎮定，腦子終於能清明思慮起來。「田家縱使悄無聲息地殺了我的五十名部曲，把我院子封住，可至今卻沒有動我這個正主兒，可見得他即便有什麼大動作，也不會拿我開刀。」

婢女仰望著美麗冷漠的薛凌靈，不由心寒澈骨。

……所以，他們這些部曲奴婢當眞就活該死不足惜嗎？

「其他的婢女僕從們可還在？」

婢女勉強回過神來，低頭應道：「都……都在外院等著娘子差遣，只是人人均是六神無主……」

「都是一群廢物！」她厭惡痛斥：「部曲都叫人給殺盡了，竟無一人發現，無一人提前來報信提醒於我；還有歐陽狩和那五十個部曲也是酒囊飯袋，還在阿耶跟前宣誓要好好護衛我周全，自己的腦袋都不保，說什麼大話？」

薛凌靈尖酸刻薄的謾罵令婢女神色越來越痲木，拳頭緊緊攢住了衣襬，青筋漸漸在雪白手背上爆起。

「——還在這邊愣著作甚？滾出去探察情況，還有叫他們通通到內院來，把主屋團團護住，尤其是我的房門口，沒有我的允可，誰都不能放進來！」她一頓，深吸口氣。「大郎也一樣。」

隨著薛凌靈的怒斥，婢女被她一腳踢翻……可婢女不敢反抗，只得胡亂地重重磕了個響頭。

「喏，喏！」

直到婢女夙月嚇得連滾帶爬地出去了，薛凌靈嬌容依然維持著高高在上的威勢架子，可只有她自己知道，她心臟狂跳如擂鼓，後背和掌心都溼透了。

她環顧著正室臥寢內清貴高雅、富可傾城的擺設……

翡翠屏，玉燻籠，一式瑪瑙四季雕花擺件，三尺高的東海珊瑚樹奢侈地做燭柱，還有她陪嫁的紅檀木大床，就是找來了三十個工匠足足耗費了兩年之久，才精心雕琢而成。

上頭蝶戲牡丹、石榴百子千福等等雕花，除卻金玉之外，還綴上了上百顆大大小小的寶石，有吐火羅國來的金精、天竺國的象牙、火珠、拂菻國出產的琥珀、珊瑚和硨磲等等……

她還記得和大郎洞房花燭的那一夜，大郎笑說自己都被這滿床珠光寶氣閃花了眼，還說她恍若天上仙子下凡塵，這樣天大的好福氣，居然叫他田家大郎給得了。

英俊精幹的大郎火熱堅實的身軀擁著她，在她耳邊呢喃著一句句愛語……而她羞紅了臉，嚶嚀一聲鑽進他懷裡，又被他壓在身下吻得意亂情迷……

薛凌靈愣怔地緩緩癱坐而下，雪簇煙擁如曉霧的繚綾裙襬散了一地。

若說新婚燕爾的那些時日，她就像是沉溺在幸福甜蜜的美夢裡，而此時此刻，渾渾噩噩的她卻置身在惡夢中，怎麼也醒不過來！

……不過爲了一個狐媚犯上，身契都捏在她手裡的賤妾，田家當真要這樣欺她辱她？

「大郎，你我夫妻之間……」她呼吸急促，吐字艱難。「何至於此？何至於此？」

薛凌靈腦子嗡嗡然，扶額冷汗涔涔。

然而，她也只敢糾結在寵妾滅妻這頭，半點都不敢往更壞的可能想去……

第五章

藥堂正室，裴行眞在屏風後被南城幾名大夫輪流檢視了眼傷。

平時大夫們或許都有相競比較醫術之時，但此時他們共同診治的乃是來自長安的大官兒、貴公子，還是鼎鼎大名的刑部左侍郎，身分之貴重緊要，頓時讓這些大夫個個如臨大敵、不敢輕忽。

他們面色嚴肅地低聲辨症論治著，最後總算研議出了幾人都共同認可的案方。

其中一名祖傳擅治眼疾的大夫取出了祕製的清眼護養丸，用清水研開成膏狀，塗抹在潔淨的白絹布上頭，貼縛在裴行眞的雙眸上。

另一名擅金針之術的大夫則小心仔細地行針，幫裴行眞在眼部四周幾個大穴通暢血脈，幫助清眼護養丸的藥效盡速被瞳眸吸收。

「老夫命藥童回去熬一帖寧神安肝的湯藥來，」擅治內科的大夫則是細心說明。「肝氣通於目，眼傷要治，肝氣也要調養爲好。」

「多謝幾位大夫，有勞了。」裴行眞溫言致謝。「本官出門在外，身無長物，只能先行奉上診金，待回長安後，定當命人送來重禮，答謝諸位醫者仁心。」

幾名大夫受寵若驚，連連稱不敢。

「幾位大夫，拾娘有事請教。」拾娘神色凝重，拱手道。

「參軍大人客氣，您請說。」幾名大夫忙拱手行禮。

她顧慮了一下正被安排在院子裡頭等待問審的眾人，還是壓低聲音道：「大人的眼睛，能好幾成？」

幾名大夫你看我我看你，都有些被爲難住了。

她心下沉了一沉。

其中擅治眼疾的那名大夫被推舉出來，他猶豫片刻，最終還是一咬牙輕聲道：「宮中太醫署內聖手如雲，想必自有醫術通神的太醫能令大人雙眼恢復如初，至於老夫幾個……使盡渾身解數，恐怕只能保大人留下三成視力。」

拾娘拳頭猛地一攢緊，幾乎無法呼吸。「……三成？」

「大人的眼睛耽誤得太久了。」那名大夫也不是推託，實話實說道：「若是在沖洗淨眼裡的生石灰後，得以立時上藥，大人視力當可恢復九成沒問題，但如今……」

「我明白了，」她強忍喉頭熱意，低啞深沉地問：「接下來直到回京的這一路上，應當注意什麼？」

「最好多臥少坐，多多閉目養神，別傷神太過，也不能太勞累，避免潮溼灼熱，更不能見風。」

「我明白了，多謝大夫。」

待大夫們退下後，拾娘回到裴行眞身邊，二話不說就將他推倒——

「躺下！」

「拾娘……不必這麼緊張的。」他一個措手不及被推仰躺在蒲草編的席子上，有些啼笑皆非。「哪裡有這般嚴重？」

況且雖然有屏風遮擋，但他還要參與斷案，眾人都站著，他躺在地面蒲席上，這成何體統？

「有屏風在，你只管在這裡聽審就好。」她堅決地道：「大人您本就是負責動腦子，要動拳頭的，我來！」

裴行真儘管眼前一片黑暗包圍，眼疾和前程惶惶未卜，但拾娘清冷霸氣的嗓音，還是令他又好笑又備感心間溫暖。

「好，我都聽拾娘的。」

拾娘點了點頭，隨即才想起他看不見，很快握了握他的手，正要起身，忽又記起一事——

「……對了，大人，適才我相驗董老大夫屍體時，發現他雙手有暗色沉積，不像是草木藥物自外而內所染，倒像是長年接觸吸嗅到了什麼，才自體內積累透於外的痕跡？」

裴行真心念一動，陡然想起了最早在踏入藥堂時，鼻端嗅聞到的那一縷縷礦石燒灼煉丹時散發出的酸氣。

「董老大夫應當是在煉丹。」他沉吟道：「經年日久，臟腑和手腳便會沉澱吸入礦氣。」

「煉丹？」拾娘一怔。「難道董老大夫一時受到打擊，竟想煉製仙丹，謀長生不老之道？」

裴行眞解釋道。「煉丹也非只爲長生，晉代《名醫別錄》中，就載有硝黃法——以鉛、土硫磺、硝石，熔鉛成汁，下醋點之，滾沸時下硫黃、硝石，待沸定，再點醋，重複下硝石、硫黃……沸盡炒爲末，即成丹藥，主治吐逆胃反，驚癇癲疾，除熱下氣，但有一定毒性，需仔細斟酌服用。」

拾娘肅容點點頭，喃喃自語。「那想來他指縫和袖口沾上的青色細硬粉末，也是爲了煉丹之用了。」

「妳說他指縫和袖口沾了青色細硬粉末？」他倏地敏銳捕捉到了她話裡的形容。「是染料嗎？草木汁？還是礦石？」

「對，像是礦石末……內室裡也有只缽，裡頭是青綠色的細粉，隱隱會閃光。」

她隨口一提。

他神色一凜。「裡頭可有像水的東西養著？」

「有！」拾娘心跳疾速起來。「大人知道那是什麼？」

「太史丞李淳風李公通曉天文星象和數術，曾提及古籍裡有一種以敦煌礬石灌養出青玉晶的祕方，只可惜此方錄載不全，且成功者稀。」

她疑惑。「怎麼個養法？」

裴行眞低聲道：「礬石又稱膽礬，青礬……放入釜中煅燒，蒸取出水氣和礦氣冷凝可得青綠色鹽粒狀之物，再注水而入加熱溶解，降溫後自生細碎晶體。」

「青綠色鹽粒狀？」拾娘目光一亮，肯定地道：「沒錯，那缽裡的細粉確實極像鹽粒，缽身也似包裹了一層青綠釉色，可即便如此，我瞧裡頭並無晶石？」

「這才只是完成了一半，餘下的便是等待，等那水將晶體養大了，再從中摘下指蓋大小的晶石，用細絲線懸於特製的水液中，日積月累之下，自然能養出巴掌大靛青如海色寶石的青玉晶。」

拾娘聽得一愣一愣，不由感嘆：「世上竟有如此神奇之術？箇中玄妙，不啻點石成金了。」

裴行眞不置可否，微笑道：「此番施作養晶聽來簡單，可實際做來卻十分艱難，恐怕從古至今，就沒幾個人眞正養成過的。」

「看來，董老大夫這青玉晶是養成了。」她細想其手掌指腹間被硬物刮劃的傷痕，嘆了口氣。

「這麼機密私隱之事，董老大夫想必也不敢叫外人知道，」裴行眞意味深長。「凶手熟悉藥堂，尤其是內室和後門的通道，又是董老大夫不會多加防備之人，身形又比他矮小……」

拾娘低道：「屬下頭一個懷疑的也是董丹娘，可她與白郎君雙手都沒有任何劃痕傷口。」

「也許凶手也配戴了皮子做的手套。」他思忖，道：「不過無論如何，人已經聚齊了，妳我同心協力抽絲剝繭，案件眞相總能水落石出。」

「是。」

隨後，拾娘走到藥堂正室門口，對院子裡等候的眾人道：

「請白大娘子先進來吧！」

年近四旬打扮得風姿雅致，眉眼間卻隱含一絲精明之色的白大娘子，被點到名時有些不安，她咬了咬牙，望了兒子一眼。

白鳳翔雙腳躊躇地移動了下位置，可在這麼多隻眼睛底下瞧著，他卻什麼都不能說，只能囁嚅安撫一句：

「阿娘，沒事的，妳只管跟大人說實話便是，您沒有做的事，誰都不能冤枉您。」

白大娘子眼神閃躲了一瞬。「是……自然如此，我行得正坐得端，沒什麼好隱瞞的。」

拾娘關注著他們母子間的微妙互動，不忘瞥向哭得眼皮紅腫虛浮的董丹娘。

董丹娘適才已經被大夫診治過了，雖然略動了胎氣，但她已經坐胎滿了四個月，在大夫施針安胎後，眼下已無大礙。

韓縣令還是命人給她找來了張胡椅，讓她可以坐著候審。

拾娘看向韓縣令，韓縣令若有所覺，很快上前幾步到她跟前，邊遞一物過去邊問——

「東西在這兒……卓參軍有何吩咐？」

拾娘目光匆匆一掃信封，眸底幽光閃過，接過手後輕聲道：「凶手是死者董老大夫熟悉之人，在沒有找到其他可能涉案之人的線索前，白家母子和董丹娘都有嫌疑，韓大人命人同時去白家和茶樓搜查凶器了嗎？可有人能證明兩個時辰前，就是案發之時，他們三人的行跡？」

韓縣令恭聲道：「下官知道規矩的，目前已經有兩支衙役隊伍前去細查，一支由主簿領著，另一支由快班的班頭不良帥帶著，他們都是嚴謹強幹之人，請卓參軍放心。」

拾娘眼底閃過一抹讚賞之色。「韓縣令，你是個好官。」

韓縣令清秀臉龐微微發紅，有些結巴。「多、多謝卓參軍，下官只是盡自己的職守本分，只盼不辜負聖人朝廷和南城百姓所託。」

她冷豔臉龐綻露一笑，而後頷首，轉身回往屋內，關上門扉。

韓縣令靜靜地佇立了幾息，這才回過神來，繼續守在院子裡幫拾娘……和裴大人壓陣盯場。

拾娘走入屏風後，抽出信封中的那疊子紙，迅速瀏覽完畢，很快牽起裴行眞的手，在掌心上書寫了幾行字。

裴行眞淺淺一笑，點了點頭。

拾娘有些依戀地再握緊了緊他的手，這才鬆開繞到屏風前頭來。

白大娘子立在藥堂正室內，腰桿挺得直直的，面色端正，眼底含帶深深防備。

也不知是因她天生體豐易汗，還是旁的什麼原因，是以儘管四面窗櫺略微開了道縫子，好教涼風穿堂而入，白大娘子依然額頭面頰和後背心，皆止不住汗意一點點滲出。

「白大娘子，勞駕攤開雙手容我一觀。」拾娘開口。

「大人看奴家的手作甚？」白大娘子本能將手藏進寬袖裡，眼含防備。

拾娘眼神鋒利起來。「爲何看不得？」

「奴家……」白大娘子倉促垂眸，掩住一抹心虛。

「莫非妳手上有傷？」拾娘步步進逼。「而且是交代不清楚的傷？」

白大娘子愣住，隨即反應過來。「有什麼傷？」

「董老大夫指腹和掌心間有被堅硬銳物劃過的傷口，凶手曾與他爭搶過，手上或許也劃破了。」她挑眉。

「我沒有！」白大娘子大大鬆了口氣，連忙伸出了雙手。「大人不信的話只管看清楚，奴家兩手都好好兒的，連塊油皮都沒蹭壞呢！」

果不其然，白大娘子十指勻稱，手背掌心雪白細軟，沒有半點傷痕。

拾娘一頓，皺眉道：「既然妳手上沒傷，方才又藏什麼？」

白大娘子咬了咬下唇，適才的心虛已經變成了難堪之情。「這……這是奴家的私事。」

拾娘不解，忽然屏風後裴行眞清朗爾雅的嗓音響起——

「白大娘子，請妳交代一下自己今日的行蹤，兩個時辰前，妳身在何處？在做些什麼？有無人能爲妳作證？」

白大娘子眼皮一跳。「回……大人的話，奴家今日一早都在白家運茶的船上巡視清點貨物，直到方才管家領著衙役到碼頭來尋，我就隨著衙役急急趕往藥堂來了。」

「妳的意思是，船上的僕從船夫都能爲妳證明，今日一早到方才，妳人都在船上沒有上岸？」

「是。」

「那麼前些時日，妳可有來藥堂和董老大夫碰面說事？」

「不曾！」白大娘子想也不想地矢口否認。「奴家已經許久沒有見過我這位親家了，況且奴家前陣子去販茶，昨日入夜才回到的南城，城門和碼頭關驛都有白家茶船的通關文書的。」

「可有人宣稱日前聽到妳與董老大夫爭吵，妳確定當日那人真不是妳？」裴行眞溫和有禮，不疾不徐問。

「誰？究竟是哪位敢在大人面前胡亂含血噴人，汙衊奴家？」白大娘子呼吸停了一霎，嗓門不自覺大了起來。

「這……」裴行眞聲調輕緩溫潤無害，又似有一絲徘徊動搖。「恕本官不方便洩漏此人身分，但她確實言之鑿鑿，十分堅定。」

「大人，您千萬不能信那等背後捅刀告狀的小人！」白大娘子像是攀住了一根救命繩兒，連忙急急喊冤，細細描述解釋起來。「奴家那時早已南下販茶了，且當日人明明就在船上，奴家清楚記得，當時船恰恰過了瀘水峽，江水湍急得不得了，奴家在甲板上行走時，還險些腳滑落水……」

裴行眞低低「呀」了一聲。

白大娘子見裴大人似有同情之意，越發描繪得活靈活現。「江上霧氣重，江水滔滔噴濺進來，甲板上幾乎都不能站人了，唉，要不是眼尖手快的船夫及時拉住了奴家，恐怕奴家就得葬身魚腹之中……大人，奴家說的句句屬實，滿船人都願為我作證的。」

手摁腰間刀柄，守在屏風前的拾娘聽聞至此，英氣的眉毛陡然一挑。

——咦？

「原來這般驚險？」裴行真輕輕嘆了口氣，言語間難掩憫意。「行商販貨當真不容易，等閒都是要拿命去拚的，白大娘子甚是辛苦。」

白大娘子眼圈兒一紅，屏風後的這位大人喉音清泠泠如風拂竹葉、水擊玉石，又溫言細語，恰似春風化雪而來，教人心裡怎麼聽、怎麼舒坦欣慰……就彷彿一下子尋覓到了知音。

「大人說得是，」白大娘子掏出絲帕，摁了摁眼角，感傷地道：「奴家一個婦道人家，這些年來撐著這麼大一份家業，箇中辛酸又有誰懂呢？也幸虧今日有大人體恤憐惜。」

拾娘嘴角抽搐了一下。

大人體恤憐惜？唔，這個嘛……

裴行眞親切地道：「聽聞白大娘子是出了名精明幹練、不讓鬚眉的茶樓東家，雖身爲女子，卻有南城陶朱公美譽，想來不只蕙質蘭心，長袖善舞的手段，這份堅韌心志和博聞強記的本領，也是白大娘子得以屹立商場多年的成功要訣之一？」

白大娘子被誇得有幾分飄飄然，眼底的警戒至此已消散無蹤，持著帕子掩住了嘴角一絲羞赧歡喜的笑意。「大人謬讚，奴家倒不敢妄稱自己有多麼厲害，不過但凡商人腦子清楚記性好，都是基本要的。」

「原來如此，」裴行眞沉吟。「只是我有一事不明，想再請教白大娘子。」

「大人只管問，奴家定然知無不言、言無不盡。」白大娘子忙道。

「本官方才只是說，有人宣稱日前曾聽妳與董老大夫在藥堂口角，但本官卻沒說是哪一日，白大娘子怎地就那般清晰記著『那一日』船剛剛過了瀘水峽，江水湍急，妳腳滑險些摔進江水裡，還是船夫及時拉住妳，否則妳早已葬身魚腹？」

裴行眞好整以暇慢悠悠問來，卻是平地一聲雷，轟隆隆地炸得白大娘子霎時腦子嗡嗡然，臉色灰敗如土……

「還有，南城的城門和水陸關驛，是有白家茶船進出通行的過所紀錄，」他嗓音溫和，卻是字字如刀。「我朝過所多爲一式兩份，正過所點朱印，署一通留爲案，副過所還與行人，副過所不落朱印，以白紙錄之，又稱錄白；而行人公驗過後，又視情形，會另紙沾黏在過所後，寫清細況——白大娘子，妳猜白家查船公驗備案的那份錄白上，寫的是什麼？」

白大娘子僵住了。

「茶船載運貨物，關驛都要查驗得更加仔細，好具文上據市舶司，最基本者，須記舟船長若干，闊若干，艙口若干，好約計料、力勝……且須登船驗貨抽查，防挾帶禁物買賣。」

白大娘子汗出如漿，就快喘不上氣……

「南城水路關驛上，白家正過所後頭沾黏上的錄白，上頭寫著：四月初十，白家茶船水路出城往湖州，船重吃水幾何，四月二十八，白家茶船回南城，船重吃水又幾何。」他淡淡然道：「而白家茶船去與返，吃水幾乎相差無幾……白大娘子，白家茶船這一趟，沒能順利販得茶回吧？」

白大娘子僵滯當場。

「我猜，這已經不是妳白家茶船頭一次無功而返了？」

白大娘子喉間發出了近似嗚咽的聲音……

拾娘望向屏風後方，眸子熠熠發光，胸口盛滿熱切激盪的驕傲之情。

六郎……即便目不能視物，可還是沒有任何人能逃過他的察判！

「知道妳在哪一處露餡的嗎？」裴行眞慢條斯理道：「撒謊者，爲了向人證明自己所言不假，便越會刻意編造過度繁複冗長的細節，藉以說服人……但往往越說越錯，細節越經不起事實推敲。」

白大娘子顫抖起來。

她萬萬沒想到……屏風後頭之人，居然連打個照面都不用，就一下子揭穿了她精心構建好的說詞？

「奴家……奴家……」

「白大娘子，白毫茶樓生意出問題了，對嗎？」裴行眞淡淡然。「可是和三年前與湖州茶商婚事告吹有關？」

白大娘子又冷不防地狠狠倒抽了口氣，越發不敢置信地瞪著屏風……視線彷彿想穿透屏風，看見後頭那個大人，究竟是人是鬼還是精怪？

——他究竟是怎麼知道的？

「白大娘子，妳還沒回答本官的問題。」

白大娘子撲通一聲，膝蓋一軟，重重跪倒在地。「大、大人……奴家確實是撒謊了……可奴家是有原因，有苦衷的……」

「所以那日妳確實來與董老大夫爭吵？爲的什麼爭吵？」裴行眞攻勢凌厲。

「今日妳宣稱一早就在茶船點貨，妳當眞人在船上？這莫不會是又一次撒謊？兩個時辰前妳到底人在哪裡？可是就在藥堂內室裡？是不是因恨起了殺心，口角間殺害了董老大夫？」

「我……我不是……」

就在此時，門外院子裡隱約響起了騷動——

「大人！找到凶器了，開瘡刀在此，刀上有血跡，旁邊還有雙羌皮手套子……就藏在白大娘子的床底下！」

只見衙役用只木盤捧著一把精巧利刃，和一雙沾染著凝固變黑的鮮血與淺藍綠劃痕的羌皮手套。

眾人嘩然，目光齊齊射向白大娘子。

白大娘子臉上血色消褪一空，有那麼短短一霎，恍似就要翻白眼厥過去了。

「什麼刀？什麼羌皮手套？又怎麼會在我床底下？大人！我、我真的不知道啊……」

拾娘目光銳利地盯著她面容上每一寸反應，從最初的茫然懵懂，到如夢初醒的驚慌失措，到恐懼激烈地喊冤。

白大娘子一次又一次隱瞞狡辯，又一遍遍被拆穿，至今還不到黃河心不死地含混解釋不清。

種種可疑跡象，都指向她就是殺害董老大夫的凶手……但不知爲何，拾娘總覺得其中隱隱透著蹊蹺。

✦

白鳳翔等人被傳喚進了藥堂正室，他一眼便看到母親面無人色跪倒在地，往日豔陽灼灼、咄咄逼人的精氣神，在這一刻彷若枯槁殆盡。

他如遭雷擊，想也不想撲向母親，緊緊攙抱住。「阿娘？阿娘您怎麼了？您別嚇我……」

董丹娘愣愣地看著那個捧著木盤的衙役，嘴唇哆嗦起來。「就是這支刀……婆母就是用這支刀，殺害了我阿耶嗎？」

「不是我……不是我……」白大娘子尖聲否認，死死抓住兒子。「大郎，你相信我，阿娘沒有殺人，阿娘眞的沒有……」

白鳳翔強忍眼淚，猛點頭。「兒子信、兒子信，阿娘您向來嘴硬心軟，怎麼可能會是殺害岳父的凶手呢？」

白大娘子嗚咽。「當眞不是我……兩位大人，我承認三天前來藥堂找親家吵架的人是我沒錯，我也確實沒有在這趟販茶的船上……可我絕對沒有殺親家，我、我……」

「那麼，妳兩個時辰前人在哪裡？」在屏風後的裴行眞摩娑著腰間的魚符，心中不免升起了一絲煩躁和沮喪。

如果他現在雙眼能看得見，就可以觀察白大娘子和白鳳翔等人面上所有的細微動作和表情，藉以輔佐判斷他們話裡的虛實有幾分。而不是只能被動地在原地，竭力從他們反覆的言語中去推敲眞僞，推進案件偵查進度。

白大娘子看著藥堂內裡的眾人，還有瞪大了眼睛，滿眼悲憤指著自己的兒媳，微微咬牙。

「……我去質庫（當鋪）了。」

「質庫？」白鳳翔還以爲自己聽錯了。「阿娘，妳去質庫作甚？」

白大娘子看著這個每日只懂得和妻子吟詩作對、風花雪月的兒子，不由滿心悲憤，重重甩了他一巴掌——

「孽子！」

白鳳翔被打得不知所措，捂著劇痛發燙的頰。「阿娘？」

「若不是因爲你這個孽子堅持娶董丹娘，還把事情鬧得那麼大，做得那麼絕，湖州那裡也不會徹底絕了我們的路……你可知三年前，湖州知名的幾座茶山茶商就聯合起來，拒絕把兩季的春茶秋茶賣與我們白毫茶樓了？」

白鳳翔呆住了。「不就是婚事未成，他們趙家憑什麼斷我白家的買賣？」

「就憑你死活不娶，還對外放話，說就是娶不到董丹娘，也絕不會娶她死皮賴臉的趙娘子！」白大娘子眞想再給兒子一個耳光。「女子清譽何等重要？你那番話傳了出去，險些逼死趙娘子，趙家怎麼可能吞得下這口氣？」

「我……我……」白鳳翔面上浮起一縷心虛慚疚。

「我們白毫茶樓除了開店賣茶外，歷年來還和臨縣各州百家茶肆打了契約，每年由白家從中轉折供貨出多少春茶和秋茶，否則十倍賠償，當年我便是靠這一手豪氣，才吃下了這一百家茶肆鋪貨的買賣！」

「阿娘……」

白大娘子頹然地道：「可這三年，我四處去找新的茶山，去和新茶商交涉，卻因爲沒有新茶，也只能眼睜睜看著茶肆一家家斷，還得拿出大筆大筆的賠償……」

「都是兒子不好，我竟不知家中景況艱難至此。」白鳳翔心痛笨拙地想替娘親拭淚，卻被她一掌拍開。

「四月初十，白家茶船南下販茶，四月二十四，大掌櫃飛鴿傳信回南城，說依然無功而返，即便加了三倍的價錢，茶商們不賣就是不賣……」白大娘子身子發顫。「我眼見白家基業就要毀於一旦，想起這一切的禍根源頭都是董家，便壓抑不住，上門來理論。」

「婆母，」董丹娘神色慘然，痛苦至極地哀聲道：「這一切都是我害的，您要怪就怪我，是我不該和鳳郎生出私情，連累白家至此……但我阿耶是無辜的，您要打要殺只管衝著我來，爲何要殺我阿耶？」

白大娘子霍地抬頭，瞳眸布滿血絲。「我沒有殺妳阿耶！」

董丹娘駭了一跳，畏懼地往白鳳翔身後躲了躲。

白鳳翔本能地護在妻子跟前，緊張道：「阿娘，您別斥丹娘，您這三年來不好受，可丹娘也是勤勤懇懇地盡心盡孝，現在她好不容易懷了身孕，按您期盼要求的那樣給咱們白家開枝散葉了，您千萬別再責怪她了，丹娘也很不容易的。」

白大娘子一滯！

拾娘突然出聲冷冷道：「白大娘子當初生你還不如生一枚胡餅，起碼胡餅能吃飽，還不會反過來咬自己一口……有你這樣的兒子，誰還需要仇人？」

此話一出，白鳳翔臉色一陣青一陣白……眾人則是低頭憋著笑。

韓縣令禮貌地以袖掩住了口鼻，卻掩不住眼底彎彎的笑意。

裴行眞在屏風後，更是忍俊不住，胸臆間的鬱悶瞬間消散了大半……

這樣的「魑魅魍魎」，果然還是要他家拾娘出馬鎭壓。

「多謝大人爲奴家說話，」白大娘子感激地望了拾娘一眼，她深深吸了一口氣，苦笑坦然道：「是奴家沒教好孩子，這才寵得他五穀不分，只想著滿足自己的情感和私欲……奴家認了，但親家確實不是我殺的。」

「阿娘，您別這樣說，兒子聽了難受。」白鳳翔嘴唇發抖，試圖挽回母親。

白大娘子看都不看他一眼，恭敬眞摯地望著拾娘。「大人，今日稍早，我清點了妝奩裡的珠寶首飾頭面，還有宅院跟南城外兩個莊子的地契，到『信榮達』質庫做了活當，典出五千金和兩百匹絹帛做周轉，『信榮達』的詹大掌事可以爲我作證。大人不信的話，我這裡還有質紙。」

她一咬牙掏出了袖囊內疊成方勝的質紙，抖著手遞與了拾娘。

拾娘接過拆開一看，果然寫得清清楚楚，還有雙方訂契，上頭也清楚寫著是四月二十九日午時初落的印。

見白大娘子有人證物證，可證實她案發時並不在現場，白鳳翔忍不住大大鬆了一口氣……卻感覺到妻子的手心不住冒汗，還越來越冰涼。

「丹娘，妳別怕，」他以爲妻子是擔心被婆母追究，忙寬慰道：「妳方才也是傷心太過，這才誤把阿娘認作了殺岳父的凶手，咱們只要好好跟阿娘賠罪，想必阿娘會原諒我們的。」

屏風後的裴行眞聞言，忍不住揉了揉眉心。

……噫，他是雙眼有傷，而這白大郎君卻是傷在腦子。

慣子如殺子，白大娘子精明一世，如今也算是自己嚐了苦果了。

白大娘子看著擁著妻子細心哄慰的兒子，眼睛都快冒出火來。「咱們白家就要敗了，你還一心只哄著你那個『好丹娘』，現在還指望我原諒你們？沒門！」

「阿娘，」白鳳翔囁嚅討好道：「咱們白家在南城是百年基業，縱然一時不順，也不至於走到敗落的地步，兒子這不是哄著丹娘，而是對阿娘您有信心呢！」

「孽障！」白大娘子猛地伸出雙手，攤開示於他面前，咬牙切齒。「你是不是瞎了眼？」

白鳳翔縮了縮脖子，目光被迫落在母親手上。

「……你自己看看，我如今十指光禿禿，長年佩戴的寶石和金銀戒子都擼了個乾淨，連你阿耶送我的定情瓔珞鐲子也質典給了『信榮達』，這些時日來，我還得遮遮掩掩地怕旁人問起，怕人疑心我們白家是不是不成了……你倒好，幾句好話叫老娘抽筋敲髓還不夠，這是想把我這副老骨頭都給你們夫妻嚼吃乾淨了，才肯罷休？」白大娘子痛心大喊。

白鳳翔被罵得臉色一陣紅一陣白，原本好個風度翩翩的江南郎君，此刻卻是狼狽不堪。

「阿娘，您誤會兒子了……」

「夠了！」屏風後，裴行眞嗓音冷沉，鎮住了這波鬧哄哄的喧囔。

眾人一驚，白氏母子尤其懼怕，立時閉上了嘴巴。

董丹娘死死地盯著那木盤上染血的刀和羌皮手套，捂住了嘴，淚流滿面。「阿耶……您死得太冤枉了……」

「董娘子，妳兩個時辰前，人又在何處？」裴行眞開口。

她霍地抬頭，哀慟的臉上盡是震驚和控訴。「大人？」

「回答裴大人的問題！」拾娘眼神一冷。

「我、我……」董丹娘咬著唇瓣，滿面淒苦地道：「我今日上午去城裡的道觀上香，爲腹中孩兒祈福，才回到家中不久，便被衙役上門通知我阿耶出事了，那時夫郎也恰恰從茶樓回來，便陪著我來到藥堂。」

「妳去道觀上香，可有人能爲妳作證？」裴行眞再問：「只妳一人去上香？便沒有婢女隨行？」

「婆母向來不喜我，白家上下人盡皆知，奴僕婢女也從未把我這個少東家夫人放在眼裡。」董丹娘怯弱地低垂下眸光。「這三年來，若非念著鳳郎疼我愛我，我早已自請下堂……平日又有哪個婢女是我指使得動的呢？」

白鳳翔心疼地看著妻子。「丹娘，妳受了這麼多委屈，怎麼都不與我說？我倒要看看是哪個膽大包天的奴才敢這般欺主——」

「閉嘴！」拾娘忍不住斥喝：「大人還沒問到你，有你什麼事？」

白鳳翔嚇得噤聲。

白大娘子心頭一陣快意，可再細想這個兒子三年來著了魔似的種種行徑，又不禁神情一黯。

「妳說妳去道觀上香，可我卻沒嗅聞到絲毫香火氣。」裴行眞犀利地問。

董丹娘心下一跳。「回大人，那是我一回家中便急急沐浴更衣，自然身上衣衫沒有香火之氣，況且我去的那間道觀素日清淨，香火也不鼎盛……」

「妳沐浴更衣過，那頭部呢？」裴行眞追究細微。

「頭……」董丹娘一慌。

「雖說時序近夏，但妳要洗淨了髮絲再晾乾綰髮別簪，也不是一時半刻能好……拾娘，勞妳近董娘子跟前檢查一二，她髮絲上可有香火味？全身上下可有新用皂莢洗過或梳抹頭油的味道？」

「是！」拾娘眼睛一亮，大步上前。「董娘子，失禮了。」

見拾娘當真要湊近上前，董丹娘嚇得本能往後倒退了兩步，防備地一閃。

「怎麼？」韓縣令看得真切，也察覺出她的不對勁了。「卓參軍同為女子，董娘子躲什麼躲？」

「我……我不慣生人靠近。」董丹娘心驚膽戰，強笑解釋道：「況且方才接到消息，路上趕得急，我一頭一身的汗，只怕薰著了卓參軍。」

「我不怕。」拾娘手閃電般地攢住了她，靠近一觀。

董丹娘髮髻有些微紊亂，薔薇花頭油已經淡得幾不可聞，更無半點香火的氣息，身上也沒有皂角香氣，只有隱隱汗味。

董丹娘忙解釋：「正如大人所說，女子長髮，洗髮晾髮都不是短時間能好，所以我晨起梳頭到現在，半點沒有變……」

「那為何妳身上沒有皀角香，髮間也沒有香火味？」

董丹娘額際冷汗悄悄滲出，逕自辯解道：「我適才說過，那道觀幽靜，平時罕有香客到，至於皀角香，我趕路趕得急，汗意自然沖淡了皀角氣味也未可知。」

「妳一口一個道觀，那究竟是哪間道觀？妳是什麼時辰去的？道觀觀主或道長童子，誰可為妳佐證？」裴行眞句句欺近。「還有，即便是香客罕至的道觀佛寺，暮鼓晨鐘，大殿內主香爐都會維持香煙不斷，只要進去裡頭兜轉上一圈，無人可以髮絲衣衫不沾一點香火氣。」

「我……我……」董丹娘面色發白。

白鳳翔腦子一嗡，震驚地瞪大了眼。「丹娘，妳……」

「夠了！」董丹娘死死咬牙，而後淒厲喊了一聲。

「——你們抓不到眞正的凶手，卻只可憐我婆母的艱難不易，便轉過頭來要把罪名按在我頭上，不就是想草草了結我阿耶的命案，欺負我如今只是個父母雙亡的孤女，這世上再沒有人能為我作主了嗎？」

白鳳翔見妻子悲傷癲狂的模樣，霎時疑心盡去，疼惜地抱住了她。「丹娘，妳還有我呢，還有我們的孩子……」

「對，我承認我沒有進去道觀裡面燒香祈福，因爲這半年來府中再無發放月銀，我身上連添香油和幫孩兒點長命燈的銀錢都不夠，我提著香燭籃子在道觀外頭徘徊了大半日，最後只好縮著脖子又回了。」董丹娘掩面痛泣。

眾人聞言，不由紛紛露出憐憫之色。

白大娘子炸了起來。「大半年沒發放月銀怎麼了？白家是缺了妳吃缺妳喝了？我鎮日在外頭忙得焦頭爛額，妳如今卻怨我給不了妳銀兩去道觀添香油錢，要不妳乾脆把我這把老骨頭熬了油去點燈算了？」

「阿娘，您就別再添亂了。」白鳳翔忙攔著自家老娘對妻子喊打喊殺，簡直頭痛不已。

衙役們看著董丹娘面色慘白，淚如雨下，身子搖搖欲墜，不禁也暗暗嘀咕了——

「聽來這董娘子在婆家也不好過……」

「沒有足夠的人證物證，好像也不能說董娘子就是凶手！」

「是啊，況且這可是弒父的大不赦之罪，按唐律是要處以絞刑的，誰會那麼傻，又沒有什麼深仇大恨，會走到弒尊親長這一步？」

「董娘子生得嬌嬌弱弱的，就算拿得動輕薄短小的開瘡刀，她也不像是能下得去手的吧？那畢竟是一條人命，還是自己的阿耶啊……」

「既沒有證據，裴大人卻執意把嫌疑和矛頭都指向董娘子，這好像有些……有些……太過了。」

衙役們面對長安來的兩位大人，從方才的敬佩到如今的懷疑，雖然沒有明講出來，卻隱隱約約暗潮流動著。

韓縣令當然對裴大人和卓參軍有信心，可並無取得實證，也無嫌疑人的口供，確實很難服眾。

裴行眞卻不慌不忙。「董娘子，我只是問出了心中疑惑，怎麼就成了指控妳是凶手了呢？」

董丹娘一僵，淚光浮在眼睫要掉不掉。

眾人也反應過來，不約而同望向她……

「董娘子，」裴行眞頓了一頓。「妳可知妳阿耶在祕密煉丹養青玉晶？」

此話一出，全場驚呼——

「養什麼？養玉晶？寶石中的玉晶？」

「只聽過董老大夫醫術不錯，沒想到竟然還有這樣的神通？」

「玉晶可以靠養出來的，那董家掌握住了這門奇技，將來豈不是日進斗金……」

「可惜董老大夫人已經不在，這養玉晶寶石的神通恐怕也失傳了。」

「董娘子是他唯一的嫡親女兒，又是自小在藥堂長大的，說不定……」

在眾人的嘖嘖驚嘆和強烈豔羨忌妒中，拾娘盯緊了董丹娘和白氏母子面上的任何一絲神態變化。

白氏母子神情先是茫然，而後是驚異和繼之而來滿滿掩不住的興奮，鼻翼翕動……董丹娘卻是緊緊掐握拳頭，眼神閃爍而懊惱。

拾娘目光微瞇。

——董娘子在懊惱什麼？懊惱董老大夫的祕密被揭穿嗎？或者懊惱養玉晶一事揭露於世，她身爲董老大夫唯一的血脈，從此將會永無寧日？

但在董丹娘的諸多神情裡，獨獨沒有「驚詫」之色。

「妳並不感到驚訝，」拾娘緩緩道：「妳早就知道這件事了？」

「大人，我不明白您在說什麼？」董丹娘倉促地回過神來，憂傷地拭著淚，弱弱地道：「我從來沒聽過我阿耶會煉丹，更不要說是養什麼玉晶了……像那樣的珍稀寶石都是來自西域，又怎麼能養得出來呢？大人們是不是太異想天開了？」

白鳳翔心怦怦地跳。「丹娘，妳再仔細想想，岳父大人眞沒有向妳透露一二嗎？」

「鳳郎，眞沒有這回事兒，」董丹娘含淚搖了搖頭，自暴自棄地道：「如今我阿耶已經死了，兩位大人想怎麼編排就怎麼編排，反正他老人家也無法再活轉過來爲自己辯白，既然大人們想逼死我，那我就遂了你們的心意，你們只管把我押入大牢治罪，或是一條繩子勒死我便是！」

「——娘的好兒媳呀，他們要勒死妳，那就先勒死我得了！」

白大娘子眼底生出了一抹狗急跳牆的貪婪和欲念，忽然起身擋在董丹娘身前，哀聲懇求道：

「大人，我們娘倆眞的是無辜的，怎麼能因爲刀子和羌皮手套在我們白家，就說我們兩人是凶手呢？指不定……指不定是有人殺了親家，故意陷害我們白家……更何況捉賊捉贓，我們連個寶石影兒都沒瞧見，怎麼能白白擔了這個罪名呢？」

第六章

裴行眞靜默許久，久到眾人開始有些不安的小騷動，拾娘筆挺如紅櫻槍的身姿始終如一，堅定地站在屏風前成爲裴行眞的屏障。

韓縣令張口欲言，可見拾娘一派英氣凜冽，美眸危險地微瞇起環顧眾人……好似無形中透露出一個沉沉威壓和信息——

誰擾裴大人者，殺無赦！

韓縣令都不敢說話了，更何況白家三人。

白大娘子惴惴然地回頭看了兒媳一眼，卻發現兒媳丹娘有一絲魂不守舍。

「……白大娘子方才的話，確實有理。」屏風後方，那個清澈溫潤的聲音終於響起。

白大娘子鬆了口氣，眉梢喜色剛起，卻聽裴行眞依稀彷彿低低一喟——

「罷了，此案，確是本官心急了。」

拾娘身形微微一震，霍然回頭。

屏風後，影影綽綽可見那個高大修長的身影不知何時已然坐起，挺拔的寬肩竟微微頹然。

她呼吸窒住，剎那間鼻端酸熱上衝。

六郎……

韓縣令也有些急了。「裴大人，您何須這般苛責自己……」

「韓縣令，不必爲我辯解。」

「大人……」

裴行眞聲音溫和而疲倦。「……我自雙眼受傷後，雖強撐著心神不亂，可儘管再不願承認，現在眼看線索證物皆呈於面前，我卻彷彿失卻往日推敲案件的冷靜和敏銳……本官，裴某……已不適合再主掌此案。」

此話一出，讓在場人人神色各異，有感慨的、有質疑的、有同情的、更還有如釋重負的……

拾娘心口酸楚。

白大娘子大喜若望，顧不得冒犯地一疊連聲追問：「大人，那現在是不是就沒我們白家什麼事了？」

白鳳翔和董丹娘也滿眼希冀地望向屏風後頭。

「……妳們婆媳無論身形還是對藥堂和董老大夫的熟悉度，目前都是最符合嫌犯的特徵，雖說尚無鐵證足以證明妳們其中一人就是凶手，但開瘡刀和羌皮手套畢竟都出現在白家，白家上下仍然滅脫不了嫌疑。」

白家三人愀然變色。

「大人！」

「本官會將你們三人先行發還歸家，但從此刻起，白家所有人包含主僕在內，都需在南城縣衙衙役和不良人監管之下，直到能眞正洗脫嫌疑爲止。」

「冤枉啊大人……」

裴行眞嗓音倦意更深，卻是堅定不容違逆：「——此案便交由韓縣令主審，卓參軍輔佐，如有需要的話，本官會再上具文書，請刑部另外派員前來協助。」

案件偵查突然出現這般重大急轉直下的意外，眾人面面相覷，想交頭接耳私下議論又不敢。

韓縣令更是只能硬著頭皮，命人將開瘡刀和羌皮手套，還有董老大夫的屍首先送回縣衙封存，待來日追查細審。

拾娘身姿依舊傲然挺立，卻是別過頭去，死命地憋忍住了眼眶裡的灼熱淚意。

可仍然有一抹水光稍縱即逝。

她不明白六郎爲什麼突然這般頹唐失志，輕易放棄了親自追查案子的機會？

即便如今無論是他的眼傷，還是案情，都雙雙陷入了膠著和迷霧中，但他居然如此輕易言敗，一點都不像是她認識的刑部侍郎裴行眞。

——六郎，你在想什麼？

就在白大娘子等三人驚疑不定，不知將來要面對的是禍是福，滿心忐忑惶惶地被衙役們往外押走時，恍恍惚惚間忽聽裴行真又喚住了韓縣令——

「對了，韓縣令，你現在也立時通令南城各醫堂，千萬密切注意明日之內有無劇烈嘔吐，全身抽搐，指間出現暗色沉積的病患前去求醫。」

他語氣十分嚴肅凝重，不只韓縣令一驚，停腳聽住了，就連衙役和被押送的白家三人都不由自主回過頭來。

「下官領命！」韓縣令恭敬拱手，猶豫了一下，求教問道：「敢問大人，這是和本案有關麼？」

屏風後，裴行真語重心長道：「是，卓參軍在內室裡找到了一只缽，裡頭還殘存著淡淡青綠色鹽狀物，據此研判——董老大夫是以青礬養的玉晶，雖說是寶石玉晶，但煉製不好，它卻也是能致人於死的毒物。韓縣令的翁翁曾是大夫，想必你也曾聽過青礬等物，既可藥人也能殺人？」

「是，」韓縣令神色一肅。「礬石有其解毒斂瘡，治疳積久痢之功效，但使用不慎，會引起咳嗽、腹痛、嘔吐、便血甚至窒息死亡……胃弱患者和小兒與孕婦更是碰不得。」

「沒錯，」裴行眞接續道：「……青礬養出的寶石毒性更大，若未能用流動泉水沖泡七天七夜，去其毒性，只要置放在人身上超過一刻鐘，毒性便會藉由鼻息呼吸浸透入肺腑，快則六個時辰後毒發，慢則十二個時辰後發作。」

韓縣令倒抽了口涼氣，卻也瞬間領會了他適才命令中的含義。

裴行眞嚴峻道：「請韓縣令務必嚴密監控各醫堂，最好是能挨家挨戶訪查，否則凶手要是不明不白地死在某處，董老大夫這樁命案就當眞成了懸案了……」

忽聽門檻處撲通一聲……

「丹娘！」

白鳳翔想攙扶起妻子，卻見她失魂落魄臉色死白，渾身汗出如漿……

「丹娘，妳怎麼了？有沒有摔著？」白鳳翔焦急追問。

白大娘子也湊將上來。「我的小祖宗喲，妳現在可是我們白家的希望，萬萬不能有事……肚子疼不疼？想不想吐？」

一聽到這個「吐」字，董丹娘頓時覺得胸口一陣劇烈噁心和酸意上湧，猛地推開兩人，跪在地上連連嘔吐不止……

可她晨起便沒吃過什麼東西，眼下也只能吐出滿腹酸水胃液，瞬間藥堂正室內瀰漫起了一股難聞的氣味。

「丹娘！」白鳳翔素來好潔，下意識袖掩口鼻往後退了退。

董丹娘胸腹間翻江倒海狂，幾乎喘不上氣來，她腦海耳際不斷迴盪著方才裴大人和韓縣令的對話……慌亂間，她顧不得滿臉滿身狼狽，跌跌撞撞地往屏風方向爬，哆嗦著哀求——

「大人，救救我，我不想死、我不想死！」

眾人看傻眼了，韓縣令卻是倏然抬眼，震驚而崇拜地望向屏風後方那頎長端坐的身影——

難道？

拾娘至此，緩緩閉上了眼，嘴角露出了一抹欣慰微笑。

——裴六郎就是裴六郎，果然還是那個長安城最狡詐多端的玉面狐狸！

「大人，您既然能猜得出我阿耶是用青礬養的玉晶，那您肯定知道怎麼解青礬玉晶的毒性！」董丹娘涕淚縱橫，苦苦哀求。

「妳問這個作甚？」裴行眞輕訝。「莫非……」

董丹娘瑟縮了，吶吶道：「我、我……那完全是意外，我只是失手，而且我是有苦衷的……大人，我肚裡還有孩子……請大人救救我們母子倆，我有錯，可孩子是無辜的啊！」

此話一出，全場譁然一片。

白鳳翔僵住了，不敢相信地瞪著正柔弱哭喊的妻子。

白大娘子也驚嚇得說不出話來。「眞、眞是妳？」

董丹娘嗚嗚哭泣。「我也是被逼的……」

「誰逼妳弒父了？那可是妳親阿耶啊！」人群中的邱大娘子破口大罵，簡直不敢相信世上竟有如此狠心毒辣的女兒。「妳良心被狗吃了？」

「是這世道對我不公！是大家逼我的！」

董丹娘崩潰了。「鳳郎素日只知和同窗好友耍弄風雅之事，不是調香撫琴，就是舞文弄墨，連白家都快成了個空殼兒都沒察覺，而婆母只敢苛扣我和下人們的月銀，明明鳳郎大手大腳，帳上還是淨緊著他支用，可憐我懷著身孕，連一口補品都吃不上，要是白家真敗落了，還有我們母子倆的活路嗎？」

傻愣愣的白鳳翔面色瞬間紫漲起來，一瞬間，他彷彿感覺到眾人望向自己的眼光，都充滿了深深的鄙夷和唾棄。

白大娘子又是難堪又是憤怒。「放屁！我幾時苛扣你們母子了？白家再窘迫，也沒讓妳餓著，而且白家缺銀子，又和妳殺妳阿耶有什麼干係？」

董丹娘眼睛血絲遍布，唬地抬頭。「要不是白家眼看著要山窮水盡了，我也不至於得回娘家向我阿耶求助，可他老人家惱我三年前不聽他的話，硬要嫁入白家，所以只拿了藥堂裡區區二、三十兩現銀就想打發我……」

圍觀的鄰人邱大娘子聽得都想挽袖子上來打人了，痛斥道：「二、三十兩銀子叫打發妳？三年前董老大夫傾盡家底讓妳帶去白家那十幾檯嫁妝是都填了河了嗎？」

「妳——」

「我什麼我？」邱大娘子憤憤不平道：「是，以往我總看不慣你們董家藥堂生意好，來看診的病人多到每每堵了我家門口，我老婆子心裡自然也有幾分忌妒，所以對董老大夫總是眼睛不是眼睛，鼻子不是鼻子的。可自從妳三年前出嫁後，董老大夫整個人像垮了一樣，遣散夥計藥童，連藥堂也不開了……我知道，他是被妳這個女兒傷透了心。」

「妳胡說……」董丹娘臉色發白。

「妳阿耶嘴上說得硬，可私底下總向人探聽妳在白家過得好不好，」氣沖沖的邱大娘子最後嘆了一口氣。「天下父母心哪……」

董丹娘彷若受到重擊，喃喃道：「胡謅的，通通都是妳胡謅的……我阿耶若是眞爲我著想，爲何在我發現他用青礬養玉晶時，還偷偷摸摸遮遮掩掩的，騙我說那不是寶石……我在白家處處受人白眼，帶去的嫁妝爲了上下打點奴僕婢女，也僅剩無幾，他明明懂得養玉晶寶石，爲何不給我一些個？爲何還要跟我爭搶？如果不是他硬是來搶，我也不會衝動之下抓起開瘡刀就——」

「妳事先戴上了羌皮手套，又做何解釋？」拾娘冷冷打斷她的話。

董丹娘一時語結，結巴。「我，我只是怕叫玉晶稜角鋒利劃傷了手，阿耶會猜出是我偷盜的玉晶……可我萬萬沒想到，偏還是被阿耶當場撞見了，他嚴詞厲聲就是不許我拿玉晶，我一時心急，腦門子一熱……大人，我眞的是失手刺傷的我阿耶！我、我是無心之過，罪不致死……」

「那妳阿耶就活該白死嗎？」拾娘眼中殺氣大盛。

董丹娘嚇哭了，連連磕頭。「我錯了，我錯了……我願意贖罪，我認罪……可求大人先幫我和孩子驅毒，稚子何辜……」

屏風後，裴行眞緩緩開口——

「妳阿耶阻止妳盜玉晶，是因爲青玉晶雖然名爲玉晶，卻非眞正的寶石。」

這句話不啻青天霹靂，轟得董丹娘眼前一黑，尖聲嚎叫起來——

「你騙我！那明明就是寶石！」

眾人無不張大了口，傻傻地望向屏風後……什麼？

「青礬養出的青玉晶璀璨剔透如天青海色，質地堅硬卻也脆弱，時日久了，數月後自會漸漸變色風化粉碎。」裴行眞解說。

「不可能，不可能！」

「太史丞李淳風李公昔年便養成過青玉晶，這是他親口授知與我的，句句屬實。」裴行眞斬釘截鐵，頓了一頓又道。「不過，適才我說青玉晶未經流動泉水，淨化七天七夜驅除毒性，便會令持有者一刻鐘內毒入骨髓……是假的。」

「你詐我？」董丹娘面如死灰。

「兵不厭詐。」裴行眞冷冷道：「妳若不是凶手，又如何會中了我的計？」

韓縣令和一干衙役滿眼敬佩，欽敬不已。

這普天之下，能單單只靠著蛛絲馬跡的細微線索捕捉，以及對人心的揣度與掌握，就能順利破案逮到眞凶的，也只有裴大人了。

「韓縣令，接下來就交給你了。」拾娘對韓縣令一頷首，迫不及待大步走入屏風後頭。

只聽得屏風外，董丹娘狀若瘋癲又哭又笑——

「青玉晶，假寶石，我竟爲幾枚不值錢的假寶石殺了我阿耶……騙人的，通通都是騙人的！」

✦

夜色裡，客船上，明月高懸煙波飄渺，江水拍打過船身濺起的聲響，和著江上林間雁鳥此起彼伏的啼叫聲，越發襯顯出無盡的清寂寥落。

馬兒紅棗伏臥在甲板一角，中等客船特意區隔出裝卸貨物的地兒給牠，讓牠慢吞吞地嚼吃著主人一上船就命人幫牠烘烤的豆子餅。

牠嚼著嚼著，忽然馬耳敏銳地一豎，彷彿聽到了什麼動靜……而後抖了抖，打了個響鼻，豆子餅也不吃了，迅速四蹄立起，馬尾巴熱情地甩呀甩。

熟悉的高眺纖瘦身影由遠至近而來，是神情黯然的拾娘。

「紅棗，阿姊來陪陪你。」

紅棗大腦袋興奮地挨著她身邊蹭了蹭，噴著氣。

拾娘取出了鬃刷，輕柔仔細地幫牠刷著毛，低低道：「紅棗，我想去看看六郎睡得可好，可我卻不敢。」

紅棗被刷毛刷得好生舒服，馬耳動得更加歡快了。

「我自知，自己今日失卻了冷靜，若非大人洞察人心的手段不減，恐怕董老大夫的命案至今仍延宕未破。」她自責道：「紅棗，我心亂了。」

白日裡一切發生得太快，隨著而起的是求醫、董老大夫命案、追查凶手……此案嚴格來說並不難辦，可她心知肚明，她和六郎都在和時間爭命。

無論是董老大夫屍體上漸漸消失的痕跡，或是隨時可能會追上他們的追兵，抑或六郎的眼傷，都讓他們下意識急迫焦躁了起來。

然而偵查辦案追循線索，最怕的就是貪急求快，有多少冤假錯案，就是斷送在執法者身上那一個「躁」字。

「紅棗，我眞怕六郎的眼睛當眞好不了。」她邊刷著馬兒的毛，心頭酸楚難抑。

紅棗彷彿感知到了主人的難過，大腦袋又依戀安慰地蹭蹭她。

拾娘抱住了馬兒的頸項，頭靠在那油光水亮的鬃毛上，長長的沉默後，輕聲開口——

「……我總歸是與他不離不棄的。」

✦

船艙內其中一間艙房中，裴行眞盤坐在窗邊矮案邊，蒙著眼的俊美蒼白臉上掩不住一抹悵然。

瞳眸裡的針刺感不再是初始時密密麻麻的疼，而是在一陣歲月太平的寧靜假象中，忽然冷不防地再度重重一戳！

那滋味彷彿被人用縫衣針直直捅入，自瞳孔直竄腦門，痛得他幾乎低喊出聲，豆大冷汗點點自鬢邊沁出。

可他怕拾娘擔心，總死死憋忍住了，面上依然談笑風生，湊興打趣……問拾娘此番回到長安後，最想吃的是哪家的好酒好菜？

他同她笑說起，某某食肆做的巨勝奴猶爲美味，甜香酥脆，一口一個配碧瑩瑩的茶湯最爲好。

還有糟白魚、浮釀魚、蟹黃饆饠、香芹碧澇羹……尤其是盛夏時分，或清涼酸甜、或鮮鹹滑糯，令人食來暑氣盡消。

她很專注在聽，可微涼的手依然緊緊攢握著他的手。

無須擁有讀心術，都能清楚地感覺到她沒有說出口的憂心忡忡。

他明白，她不說不問，是怕他會擔憂著她的擔憂。

所以她靜靜聽著，也只時不時穿插回答了幾句——

「聽來極好，六郎記著回長安後帶我去吃。」

「早聽過香芹碧澇羹清新潤澤，滑口甘香，便是最不擅挑魚刺的食客都不用怕。」

他因回想而漸漸地嘴角上揚了，那瞳眸深處時時潛伏的針刺感，彷彿在這一刻也不再是需要提心吊膽的夢魘。

男子漢大丈夫，怎能被區區眼傷擊潰，叫心愛的女郎為他憂愁牽掛？

他深吸了一口氣，眉心鬱鬱之色頃刻消散大半……就在此時，他忽然察覺到有一絲不對勁。

在客船破浪行進，江滔拍擊浮沉中，卻隱隱約約夾雜著撓抓聲……

是爪激，有刺客！

裴行真扶著矮案霍然起身，腳下卻絆到了案腳險些摔跌，幸而及時站穩了腳步，他小心翼翼地背貼著艙房牆面，胸膛心臟狂跳，腦子卻前所未有的冷靜鎮定。

眼下他與盲人無異，任何莽撞主動的措舉只會撞上來人的刀口不說，還會白白給拾娘添亂，所以他現在要做的就是，如何在不驚動刺客的情況下，能夠向拾娘示警！

他思緒清澄如明鏡，倏然扣指在唇間，發出了忽緊忽慢、似遠似近的鷹唳聲！這鷹唳聲交錯在江水兩岸雁雀鳥叫聲中，並不顯突兀，可他知道拾娘素來心細，也一定能聽出這一聲鷹唳是仿效自「凌霄」。

而「凌霄」在衡州之時，就被赤鳶娘子借調走了。

果不其然，他在黑夜中暗暗數了不到五十個心跳之際，艙門悄無聲息地開了，帶著深夜江上清冷寒氣的身形近身而來——

「六郎，我來了！」

他這才發現自己屏息了良久，終於得以恢復正常喘息。「拾娘，有刺客。」

「我感覺到了殺氣，卻不知來自何處。」

他低聲道：「爪鉤聲……刺客應當藉由爪鉤攀附在了船身，只是他們尚未展開攻擊，不知在等什麼？」

拾娘心下一緊，眼神凌厲。「應是等『援兵』齊至，要全面困死我們兩人，來個甕中捉鱉。」

「拾娘，妳帶上紅棗先走。」他毫不猶豫道：「我知紅棗有泅泳之能，妳水中功夫也好，你們自船尾走——」

「不！」她斷然拒絕。「客船上還有那麼多人，我更不可能拋下你自己逃走。」

「妳放心，我自然有能保全自己和客船眾人之策。」他柔聲保證道：「拾娘，我不會拿自己的性命當兒戲。」

「我不信你。」她眼眶發熱。

「傻瓜，妳離開後，他們自會設想帳冊在妳身上，便是要拿我威脅妳，也不會輕易取我性命。」他微笑，安撫道：「有我翁翁和妳阿耶在，孫刺史不想舉族獲罪家破人亡，也不能動我毫髮。」

「你怎就那麼確定這批人是爲了帳冊而來，而不是江上水匪？或是那些鹽幫的人又追來了?」拾娘咬牙。「好，即便被你說中，他們是孫刺史所派，可我也不願拿你賭那萬分之一可能的危險。」

「拾娘，」他語氣嚴正凝肅了幾分。「妳身為司法參軍，又是朝廷武官，很清楚現在我們應該如何行事才是正確之舉，不要感情用事!」

她喉頭一哽。

他嘆了一口氣，大手在黑暗中摸索著想握她的手，卻始終只觸摸到了一片虛無，還是拾娘不忍，反手抓住了他。

「……拾娘，妳聽我說，這條水道沿潭州、袁州中界，是北上最快的路子，但正因在兩州之間，素來是三不管地帶，袁州又勢小，不敢和衡州孫刺史正面抗衡，但只要衝過了這一段，洪州岳州都有朝廷駐軍，兩地刺史均是世家的人，妳帶我魚符前去求援，他們一定會派兵前來相救。」

拾娘深深地凝視著他，在昏暗夜色中神色蒼白卻英俊堅毅如昔……她緊抿唇瓣，也抿住淚意，沙啞地道:「好，我聽你的。」

他如釋重負，笑容重展，大手輕輕一推。「去吧！」

拾娘心頭酸澀更濃，她驀然摘下護腕迅速爲他戴上，低聲叮嚀道。「裡頭有柳葉刀和沾了麻沸散的銀針，與你防身之用。」

「我記住了。」

「等我回來救你。」

「好。」

就在兩人即將分離之際，裴行眞忽地猛然將她拉進懷裡，衝動忘情地低下頭……決絕而笨拙地吻在了她鼻尖之上。

拾娘眼眶紅了，雙手閃電般捧住了他英俊消瘦的雙頰，踮高腳尖精準地回吻住他柔軟微涼的嘴唇。

剎那間，天地彷彿都安靜了……

唯有他們抵死交頸吸吮擁吻著，熾熱氣息勾惹，唇齒香唾纏綿，在這一刻好似想把對方狠狠地融進自己的身軀骨血之中，不離不分。

他倆理智都清楚明白，多留一霎都是多一分的危機重重，可如少一霎的緊擁相聚，誰知會不會轉眼就是天人永隔？

這一吻恍若悠長如永恆，又好似流星劃過長空，瞬息消失……

裴行眞再心疼不捨，最終還是硬生生強迫自己推開了她，喑啞催促道：「——走！」

蒙著眼的他看不見黑夜裡，那一閃而過的淚光，等再稍稍定神時，船艙內只剩下自己一人了。

裴行眞神情溫柔而釋然。

水聲蕩漾拍打，勾抓聲越來越密集，可他神色自若地盤膝而坐，靜靜地等待著黑夜裡的豺狼虎豹步步緊逼而來。

✦

薛嵩和女兒失去了聯繫！

這日晌午，薛嵩聽取著屬下來報的密信，臉色越來越白……握在手中的竹簡幾乎被捏碎。

他恍若未覺竹簡的邊緣割傷了掌心，有一縷鮮血蜿蜒而落，閉了閉眼，腦中有無數念頭竄過，最後還是沉住氣問道——

「阿狩呢？就沒有動用暗線來報？」

屬下武將眼底焦灼一閃。「沒有，除此之外，五十名部曲就像是一夕之間失去蹤影，我們在魏博城內酒肆部署的人曾去節度使府探問過消息，佯稱要向其中一名部曲催討積欠的酒錢，但節度使府只說沒有這個部曲，便把酒肆的人攆走了。」

薛嵩放下了竹簡，此刻再無心研究這份秦簡的真偽，女兒的下落不明，還有疑似重重殺機就迫在眼睫，他哪裡還有興致再理會頌古尋幽的風雅之事？

「田府有何異常動靜？」他強抑心焦，眼神銳利。「地界邊有無軍隊調動跡象？」

「目前沒有軍隊調動跡象，」武將猶豫了一下。「主君，暗棋最後送出來的線報是，田承嗣疑似培養了一支死士，但人數幾何，藏跡何在，並無眞實證據……靈娘子會不會正是因爲窺到了其中機密，所以被田家扣住，斬斷了所有對外聯繫？」

「我這個親家本就是野心雄厚之輩，」他苦笑。「且曾對門客提及，他患肺氣之症，遇熱濾增，若能移駐山東，納其涼冷，可以延數年之命；可誰人不知他只是見我潞州稻熟魚米豐，想啃下我潞州這一大塊肥肉罷了。」

武將難掩氣憤。「主君，難道我們潞州就只能眼睜睜由著他日夜覬覦，虎視眈眈嗎？潞州軍雖然不如魏博五地悍勇，可個個都是能爲潞州拚殺捐軀的好兒郎，如果他田家敢來，我們就叫他有來無回！」

「不！」薛嵩心一緊。「我不能白白讓兒郎們送死，況且私自調動軍隊，兩州械鬥，我們如何向聖人和朝廷交代？」

「主君，虎狼已至門前，眼下不能再瞻前顧後了，」武將激憤道：「且田家都不怕聖人問責，下旨發兵剿殺，我們不過是爲聖人守住潞州，聖人又如何會責怪予我們？」

「容我再想想，再想想。」他扶著額，面上盡是掙扎之色。

薛嵩自然知道屬下說得有理，也知兩州相鬥，若鬧大了，即便田家在聖人面前再能展示其代牧治理之能，可日後成了聖人的眼中釘，田承嗣必然也討不了好去。

但兩州兵馬一動，首當其衝受害的就是兩州百姓……百姓又何辜？且只要經過兵戎戰火席捲過之地，無不死傷慘重、哀鴻遍野，即便休養十年以上，尚且不能恢復元氣。

想到潞州的大地之上，江河之中，都會染上百姓們的鮮血，薛嵩心都顫抖了起來。

還有靈娘……他的女兒，一旦田薛正式撕破了臉，此時身在魏博節度使府田家手上的靈娘還能有命在嗎？

「主君……」

「你先下去吧！」他疲憊地擺了擺手。

武將無奈地拱手退下。

素知主君秉性溫順親和，不是逞凶鬥狠之徒，也從來不喜與人相爭，可是此時此刻田家已經磨刀霍霍，主君再不下定決心破釜沉舟奮力反擊，一切就晚了！

武將離去後，神色悲涼的薛嵩，就這樣鬱鬱呆坐了一整夜。

他腦海裡都是潞州百姓善良純樸的笑臉，潞州一年四季的好風光，稻浪金黃如海，漁人拉起沉甸甸鮮魚蹦跳的漁網……

更有靈娘幼時粉嫩白胖如兔兒的模樣，笑嘻嘻地提著花燈跑著，嘴裡嚷嚷著——

「阿耶看我！阿耶看我！靈娘的花燈是不是最漂亮的？」

一轉眼，是靈娘穿著金銀絲線綴繡出大朵大朵牡丹的美麗嫁衣，雪白嬌豔的小臉上，口脂搽得紅紅的，面頰也興奮得酡紅，手持卻扇，他強忍著淚水和不捨得，嗓音顫抖地道——

「戒之敬之，夙夜無違命。」

「女兒聽領。」

因著靈娘阿娘早逝，下面的訓詞依然由他這個阿耶代說——

「勉之敬之，夙夜無違。」

靈娘哭了，躬身下拜。「……女兒知道了，阿耶不用為我擔心。」

可做阿耶的，又怎能不擔心呢？

父母之愛子，則為之計深遠，他允諾田家求娶女兒，一半為公一半為私，他無數次夜深人靜之時，總反覆說服自己，田家富貴顯赫、家大業大，女兒將來終身有靠，也會和未出閨前一樣繼續安安樂樂地過著人上人的日子。

但薛嵩心知肚明，身為潞州主君的他，終究還是為了潞州百姓的平安，選擇犧牲這個女兒的幸福，將她置身於狼群之中……

所以他心中有愧，對於靈娘的驕縱、任性、撒野和任何要求，都會盡量滿足和包容予她。

可靈娘現在消息全無、生死未卜，他該如何是好？

薛嵩緊緊捂著臉，肩頭劇烈顫動。

直至東方金烏初生，曙光破曉而來……

一身青衣的紅線捧著淨面的金盆，足下輕緩無聲地走近而來，卻在視線接觸到薛嵩的剎那，清澈眸子浮現大大的震驚和痛色。

人近中年卻依然清雋爾雅、烏髮玉顏的薛嵩，竟是一夜之間鬢邊染雪，白了大半。

◆

那日，紅線依然沉默地服侍在側。

她看著薛嵩強撐著理事，按照既定行程去鄉間視察農作物，耐心地聽著老農訴說井水不夠，從河邊引水至田裡的困難云云……他轉頭就命隨從部曲立時幫忙開鑿出一條引水道。

烈日灼灼，他被曬得一頭一臉汗，面對老農感激下跪磕頭時，還是那般親切和氣地親自將人攙起。

他眞的是個極好極好的節度使。

——潞州，不能失去薛嵩！

當天入夜，紅線忽然鄭重地入書齋求見於他，單膝跪下，拱手凜聲道——

「主君，紅線雖出身賤品，卻願爲主解憂！」

「紅線？」心事重重的薛嵩被驚動了，怔怔地朝紅線望來。「妳剛剛說什麼？」

「紅線願爲主解憂。」她眉目如畫的素淨面龐上透著決絕。「我可前往魏城觀察形勢、刺探虛實，一更去，五更回，請您先備好一名使者和一匹馬，一封問候信，等我回來便知如何處置！」

他想起身，卻因僵坐良久，腿腳痺麻，紅線急忙上前攙扶住了他，可玉手一觸及他手臂時，又本能羞怯地縮了回去。

可薛嵩溫暖有力的大手卻反而將她緊緊攥在掌心內，熱切急迫。「紅線，妳方才說的，可是眞的？」

她心跳如擂，赧然卻堅定地點了點頭。「我知主君憂田家有奪潞州之志，也知靈娘子音訊全無，主君定然心如油煎，我身手不錯，必能完成使命。」

「可潞州和魏城雖兩地銜接、治地相隔，但卻有兩、三百里之距，縱使飛鳥展翅，也未必能一更去、五更回。」薛嵩在最初的驚喜過後，理智恢復過來，苦澀一笑。「紅線這寬慰之詞也太過了，我雖心領，卻不能信。」

「並非寬慰主君之詞，」她雙目炯炯有神，肅然道：「我自有訣法，主君只在府中靜心待我五更回來便是。」

他震驚。「紅線侍奉我多年，我竟沒發現妳居然非泛泛之輩，只是妳既身具武力，爲何甘願屈居於我薛府中，做一個卑微無爲的婢女？」

紅線目光直視著他，眞摯地道：「縱使有功夫在身，也抵不過世情險惡，若當初沒有主君救我，我恐怕早已死在那個破爛的乞丐窩裡了。」

薛嵩眼神一軟。

他當然猶記當時情景，破敗漏水的乞丐窩，紅線纖瘦骯髒的身影蜷縮在角落，遍體鱗傷，臉上都是灰塵泥土，亂糟糟的頭髮還沾著血塊打結。

可他永遠記得在髒亂小臉上她那一雙晶亮如星、熾烈如火的眼眸，裡頭盛滿了不屈的鬥志和生氣。

就像是落在濁泥汙穢之中，也掙扎著拒絕熄滅的一團小小火焰。

紅線短短幾句解釋，薛嵩自然並非全盤相信，但時至今日，他也想不出有何妙計良方可解潞州之危，倘若紅線想對他不利，又何必自告奮勇，冒著生命危險挺身而出？

「此去危機四伏，」他心口發緊，艱難開口。「紅線，妳當眞想好了？」

「主君放心。」

他深邃黑眸好似有千言萬語，但脫口而出的卻是——「但妳這一去若事有不成，打草驚蛇之下，田承嗣反而找到了藉口搶先進犯潞州，那該如何是好？」

紅線一滯。

他自覺失言，黯然神傷致歉道：「對不住，我一時憂心太過，胡言亂語，還望妳莫往心裡去。」

紅線看著憔悴的薛嵩，心中憐意更重。

她想起了這些年來，他夙夜匪懈、全心全意治理潞州，爲百姓們鞠躬盡瘁的種種景況，還有他溫聲細語地教她學寫小篆，教她畫畫，跟她講述春秋戰國諸多的學說和傳奇……

他只要下鄉看到了什麼稀罕的玩意兒，便會興致勃勃地帶回來與她分享。

有時候是一束飽滿漂亮的稻禾，有時候是河床邊撿到的一枚五彩可愛石頭，那石頭形狀神似一頭臥著的小鹿，他說見到的那一瞬間，就覺著那枚鹿石有點像她。

她將那枚掌心大小的鹿石放在了枕畔，每晚睡前都要摩娑會兒才甘心就寢。

「主君是性情中人，紅線明白的。」她輕聲道：「主君放心。」

他凝視著她，內心陷入一陣猶豫掙扎，最後還是點了頭。「……那妳也千萬珍重，如果事有敗露，無論如何都先保全自己才好。」

她心口一熱，高高持執手禮道：「紅線必不叫主君失望。」

稍後——

紅線回到了自己屋中，她開始淨手綰髮更衣，梳了烏蠻髻，頭插金雀釵，身穿紫色繡花短袍，腰繫青絲帶，腳登鹿皮靴，胸前佩龍紋匕首，纖纖指尖沾了水，凌空在自己額上書下太乙神名。

她大步走出屋外，對薛嵩拜了一拜，轉眼消失無蹤！

薛嵩呆住了，他揉了揉眼睛，還以爲自己眼花了……

——紅線，原來竟是有大神通之人？

第七章

紅線在眾兄弟姊妹中，輕功是最高的。

她身影快如閃電飛躍在夜色裡，江流山林，官路小道……恍若流螢閃爍而起的剎那，下一瞬已然又去了數里外。

魏城守衛森嚴，巡城兵將們來回巡察，紅線纖細指尖輕易地摳掛在牆身石塊縫隙間，身形懸掛潛伏在數丈高的牆上暗影下，待十步一哨的兵將們擦肩交會過的瞬息，翻身而入……在急速下墜的獵獵風聲裡，她身形一騰挪，又消失在方才落腳點踏之處，轉眼間不知去向。

田家的節度使府占地遼闊，不愧是魏博的土皇帝，裡裡外外院子疊加著院子，從外院到內院便要經過五、六道大門和守備。

紅線眼角餘光瞥見了除卻一般的兵卒外，還有不少剽悍魁梧的甲胄軍士駐守，他們目光如炬，牢牢地盯著每一道門，手按在刀柄上，好似在見到入侵者的第一眼，就能揮刀無情斬殺殆盡！

紅線心中思忖——據聞田承嗣訓練了三千死士，果然傳言不虛。

有這樣一支奇兵，想要千里奔襲而至，滅主君，奪潞州，想來也不是難事。

她靜靜地和夜色融爲一體，在死士們眨眼間，早已悄無聲息地穿門入戶，進了田承嗣正房。

人高馬大壯碩的田承嗣在寢帳中睡得正香。

只見他頭枕文犀，髻包黃巾，枕前露出一把七星劍，劍旁半開著一個綴滿寶石的黃金盒，裡頭寫著他的生辰八字和平安符，上面還蓋著香料和盈潤名貴的珍珠。

紅線微微挑眉，如同鬼魅影子般佇立在他榻前。

只要她手中龍紋匕首一揮而過，熟睡中的田承嗣立刻就會身首異處。

有那麼幾息間，紅線幾乎按捺不下那股殺人的衝動……可是她不能！

她今夜之舉已是僭越和過線了，若她眞的斬下田承嗣的頭顱，屆時魏博大亂，牽一髮而動全身，恐怕——

她緊握龍紋匕首的指節用力到泛白，最終還是放棄了。

此時正房寢室裡外的蠟燭快熄滅了，侍者和婢女有的靠著柱身打盹兒，有的跪坐在地抱著拂塵，低垂著的頭一點一點……

她悄然地攫過金盒揣於懷中，又身形飄移地穿過了侍者和婢女們，分別摘下了他們的頭簪和耳環，匕首光芒劃過，他們的髮髻瞬間散落下來。

半開的窗櫺晚風拂過，蠟燭火光一閃一滅……再度恢復光明的時候，正房寢室內依然只有呼呼大睡的田承嗣和瞌睡的侍者女婢。

紅線很快又來到了東院，那是田大郎君和薛凌靈的住處，她做好了一切心理預備，想好如何將薛凌靈救出田府。

可萬萬沒想到，當她無聲無息地出現在窗後時，卻聽見了裡頭薛凌靈柔媚婉轉的嬌啼聲，還有田大郎君賣力馳騁的悶哼聲。

紅線心跳如狂，耳尖發紅，她屏住呼吸，有一刻身形僵硬，不知該如何反應。

「大郎你真好……大郎，你弄死我吧！」薛凌靈嬌喘著，酥爽淫叫著。

「好，我弄死妳，今晚妳就別想下了這個榻……」田大郎君狠聲伴隨著砰砰砰激烈的床榻震動響。

紅線聽得越發面紅耳赤，也頓時為難了起來。

靈娘子正和田大郎君敦倫，聽著夫妻十分恩愛，這樣……她還要把靈娘子劫救出來嗎？

紅線內心強烈掙扎，可再一想到薛嵩對這個寶貝女兒的擔心和牽掛，她只得一咬牙，指尖戳破了糊著珍貴浮雪紗的窗櫺，透過孔洞望去。

田大郎君半裸的肩背汗水淋漓，正伏在雪白赤裸的薛凌靈身上肆意衝刺，紅線屈指一彈，勁氣疾射而出，田大郎君忽地一僵，頓時暈了過去。

靈娘面紅喘息著，陡覺驚變的瞬間，本能就想尖叫起來——

「靈娘子，是我！」紅線早已破窗而入，手緊緊捂住了她的小嘴。

薛凌靈不敢置信地瞪大了雙眼，驚恐又憤怒地怒視著她，聲音模糊地責問：

「妳……怎麼會在這裡？妳想做什麼？」

紅線神情清冷，手依然堅定地牢牢捂著她。「主君擔心妳安危，部曲又盡數失去聯繫，田家蠢蠢欲動，婢子是來救妳回潞州和主君團圓的。」

薛凌靈聽完後，眼底閃過了一抹恐懼的回憶，可瞥見一旁歪倒昏睡的田大郎君時，懼意登時又被迷離的眷戀取代了。

她努力想掰開紅線的手，紅線蹙眉，還是略鬆開了些許。

「……大郎跟我解釋過，」薛凌靈喘了口氣，略顯煩躁道：「歐陽狩和那些部曲都被人收買了，竟然刺探魏博軍情，試圖把罪名套在我阿耶頭上，挑撥田薛兩家的姻親結盟，因爲事發緊急，大郎他們怕走漏風聲，所以便幫我解決了五十名部曲。」

紅線臉色微微變了。「靈娘子，歐陽狩對主君忠心耿耿，怎麼可能背叛潞州？」

薛凌靈眼神飄忽地迴避了她的盯視，嘴硬地道：「再忠心也不過是奴僕下人，小人驅利，有什麼是不能被收買的？況且我與大郎是夫妻，我沒理由不信自己要廝守終生的夫郎，反而信了幾個賤奴賤婢的話吧？」

紅線握緊拳頭，用盡力氣才沒狠狠甩她一巴掌！

賤奴賤婢？

歐陽狩是良民，是軍戶，且爲了潞州和主君甚至爲了她，不知戰鬥拚殺過多少回，部曲們身上受的傷數不勝數，當初接下戍衛她這個女郎的使命，也是盡心盡力從無怨尤，如今卻落得這般背主的罪名和悽慘的下場？

薛凌靈彷彿感覺到了紅線身上的殺氣，她本能瑟縮了一下，可隨即想起了眼前之人也是個賤婢，還是個整日狐媚她阿耶的東西……

「妳又是什麼阿物兒？」薛凌靈輕蔑不屑地呸了一聲，怒視著她。「別以爲仗著我阿耶就敢來教訓我……對了，田府門戶嚴密，妳是怎麼混進來的？妳想幹什麼？」

紅線深吸氣，沉聲道：「我再問最後一次——妳跟不跟我走？」

薛凌靈氣笑了。「我憑什麼要跟妳走？」

「我是奉妳阿耶命令而來的。」

「妳隨口說說我就信嗎？」薛凌靈嗤之以鼻。「別以爲我跟阿耶一樣會輕易受妳蠱惑，這裡是我夫家，大郎待我極好，便是阿耶親至也休想拆散我們夫妻，妳就死了這條心吧！」

紅線頓覺無比頭疼，有一霎想乾脆打暈她帶走算了。

可當初主君是生怕田家對靈娘子不利，所以點頭答允了她夜探魏城，眼下靈娘子安全無虞，又拒不回潞州，若她強行將人帶回，屆時恐怕反給了田家藉口出兵。

「……靈娘子，妳自珍重。」她鬆手，後退了一步。

「滾吧妳！」薛凌靈臉色也不好看。「等一下，妳對我家大郎做了什麼？」

「只是點了他的昏睡穴。」紅線冷冷道：「沒死。」

薛凌靈瞇起眼，懷疑地道：「妳竟然身負武功？原來平常妳都是在裝模作樣、扮豬吃虎……」

紅線不願再在她身上虛擲時辰，淡淡道：「爲了妳自己好，今夜我來田府之事，靈娘子最好當作什麼都不知道。」

薛凌靈雖然驕縱成性，也知其中厲害，她緊緊抿著唇，厭惡地攆道：「滾！」

紅線深深地看了她最後一眼，搖了搖頭，又輕巧無聲地自窗口翻身離去。

……可惜了主君一片慈父之心。

✦

紅線出了魏城，又奔行二百里，隱約看見城牆上的銅臺，漳水東流，晨雞騷動啼叫，月過林梢，輕霧籠罩半昏半明。

她往返了七百里，期間經過五、六座城，終於在五更整時，回到了潞州節度使府。

才一踏進內院，就看到了高眺儒雅的薛嵩正心神不寧地來回踱步，眉宇間愁鬱擔憂之色濃重。

紅線沒有發覺自己微笑了起來，心頭喜孜孜。

「主君！」她柔聲道：「我回來了。」

薛嵩驀然回首，眼前一亮，快步上前，忍不住緊張地握住她的肩頭，目光反覆上下檢查。「妳沒受傷吧？」

她眼底含笑。「主君，紅線無事，毫髮無傷。」

他長長地吁了口氣，隨即急急問道：「我家靈娘可安好？她回來了嗎？人在哪裡？有沒有受到驚嚇？」

紅線心中掠過了一抹異樣……

主君焦心女兒安危，搶先詢問此事本屬尋常，可一疊連聲的追問中，竟然沒有一句提及歐陽狩和那五十名部曲？

她一凜，隨即安慰自己——身爲人父，自是關心則亂。

「回主君，靈娘子很好。」她頓了一頓，有一絲猶豫。「她此時不願回潞州。」

薛嵩一呆。

紅線輕咳了一聲，探手入懷將金盒交與他，並將一路上見聞與潛入田府始末盡數回報。

薛嵩手捧著那只沉甸甸又金光燦燦的金盒，又驚又喜，又彷彿捧著個燙手山芋。

「這只金盒……」

「金盒就在田承嗣枕邊，內有他的生辰八字、平安符和珍寶，可見得是田公心中最珍惜，也是最重要的東西。」她低聲道。

他摩挲著金盒，面露喜色，又忍不住問：「紅線，妳沒有傷人吧？」

「沒有。沒有主君下令，我不敢擅自妄動殺人。」她也把那些侍者和婢女的髮簪等遞與薛嵩。「主君，這是他們的貼身之物，我不過稍稍警示罷了。」

薛嵩震驚咋舌不已，看著紅線的目光閃閃發亮。「——能得紅線妳這位奇女子，實乃薛某之大幸！」

紅線面露幾分赧然，而後恭敬拱手道：「主君此刻可請使者騎快馬，帶著您要給田公的信出發了。」

「對，對。」薛嵩高興地團團轉，而後興奮激動地往書房去了。

但願能不費一兵一卒就震懾田公，阻止其進犯併吞潞州的野心，得以保百姓不受戰火之苦啊！

紅線看著他迫不及待離開的身影，心裡又是欣慰，又有一縷莫名的惆悵。

當日稍晚，潞州節度使府二門大開，一名使者騎著快馬奔馳而出，往魏城方向而去。

◆

這廂，裴行眞被粗魯地搜身完，連腰間的蹀躞七事帶都被摘了去，整個人遭牛筋牢牢捆縛起來。

他神情淡定地聽著客船上人聲喧嚷腳步紛雜的聲音，有人大聲斥喝質問——

「怎麼會讓那個女郎跑了？」

而後是船主戰戰兢兢的求饒聲——

「回大人的話，我們前半夜都盯緊了他們兩人，等待大人的指令，可怎麼也沒想到，等大人們上船之後，那名女郎和那匹馬已經消失無蹤了。」

「廢物！」來人暴怒。

居然沒能在裴侍郎身上搜到帳冊，又跑了一個卓參軍……

黑衣人面色猙獰，隨即命人把船主和其他佯裝成商客的船夫腳夫們綑成一堆，只留下掌舵升帆的人手，其他都一個個踹下了滾滾江水裡。

哀叫聲四起，裴行眞不忍地閉上了眼。

他只猜中了來者身分，卻沒猜中船主等人原來早在載送到他與拾娘的當兒，便祕密通知了孫刺史前來追捕的人馬。

可與虎謀皮的下場，竟是這般慘烈……

如若他能有命回到長安，定要向聖人稟明——這條三不管的河道確實不該再放任下去了。

今日連他和拾娘都栽了這麼大的跟頭，若有沿岸官府和駐兵與水匪勾結，還不知每年要從這條水道上殺人越貨、害死多少客船行商？

也許這樣的事件早就屢見不鮮了……

裴行眞不寒而慄。

他被綑縛在身後的雙手下意識地扭動著，試圖掙脫開牛筋繩的禁錮，可這樣上好的牛筋繩是經過油反覆浸潤晾曬，柔韌無比，越掙扎只會束得越緊，而且尋常的刀斧也切割不斷。

他感慨地低低喟嘆，本就陷入絕境，眼下又因眼傷視不能視物，便想在船艙中尋找出一些能斷牛筋繩的東西也束手無策。

就在此時，門開了。

他停住了掙扎的動作，靜靜地坐挺身。

「裴大人，如果你能指明卓參軍的去向，我便能考慮先留下你一條小命。」黑衣首領粗重的聲音冷漠傳來。

裴行眞神態自若。「動手殺本官前，你可先請示過你的主子？」

黑衣首領不以爲意地道：「我主子說了，生死勿論。」

他心下微微一沉，面上卻不顯。「那行，你便殺了本官吧！」

黑衣首領一滯，下一瞬間抬腳重重地朝裴行眞肋下一踼——

胸臆間炸起撕裂般的劇痛，裴行眞張嘴哇地吐了一口鮮血，冷汗飆出，喘息著卻笑了，索性癱躺在地上閒閒挑釁道——

「你就這點力氣？」

黑衣首領目光一狠，又要上前，身後的下屬倏地攔住了他。「大人，莫中了他的計！」

黑衣首領不悅地橫了下屬一眼。

下屬忙低聲道：「孫載栽了，大郎君卻沒有。您這次在刺史大人面前立下軍令狀，即便沒有捉到卓參軍，起碼撈一個裴侍郎在手，也是極大的功勞……大人千萬別爲一時之氣而前功盡棄啊！」

黑衣首領眼神閃爍。

裴行眞每一次呼吸，胸口都像是要碎裂開來，他卻依然耳力敏銳，聽出了箇中玄機。

他腦中迅速自閱覽過的，大唐文武百官和貞觀十道各州府的文書卷宗中，很快搜尋出了孫刺史的身家背景和親眷分布……

孫刺史有一妻六妾，有嫡長子和兩名庶子，嫡長子從文，庶長子從武，庶次子尚年幼。

他和拾娘此番到衡州，也私下打探過孫刺史府中的小道消息，得知他平時多倚重姪子孫載，也時時把嫡長子帶在身邊，至於庶長子則是被安排到衡州府兵其中一旅。

看來，今日上船來抓人的，就是這一支旅兵了。

裴行眞吞嚥下滿口腥鹹血味，努力想起李淳風李公曾教與過他的內腑調息之道，舌尖輕抵上顎，抱元守一，緩緩吸氣吐氣……

漸漸地，肺腑間那不斷擴大的痛楚逐步褪去，他終於又找回了身上的力氣。

「大人，我們不如先把裴侍郎帶回衡州交給刺史大人處置？」下屬又建言。

黑衣首領神色陰沉不定，半晌後，粗嘎地哼了一聲。「看好他！命舵手在前方斷水峽分支，改道回衡州。」

「喏！」

而後腳步聲錯落遠去，船艙內恢復了死寂。

裴行眞嘆了一口氣，苦中作樂地喃喃：「當眞是聰明反被聰明誤，還自信以我一人，以我口舌辯機之能，至少能保全拾娘和全客船人的性命，能在談判中略占一占上風，還能藉機打探些情報，可怎麼也沒想到……」

這算不算是秀才遇到兵，亂拳打死老師傅？

但萬幸的是，拾娘安全了。

裴行真現在不願去想，自己被綁回衡州，落到孫刺史手中會有怎樣難以想像的下場？

不過，孫家庶長子今日居然敢無懼聖人天威，無視裴卓兩家之勢，也不顧及朝廷各方暗潮洶湧的角力，強要將他押回去。

此舉若不是他想拿自己做誘餌，在回衡州的一路上誘使拾娘現身，逼她交出證據帳冊換人，否則就是代表著，孫刺史那頭已經不在意暴露不暴露的問題。

——難道是，圖窮匕見的時刻就要到了？

裴行真胸口一片冰涼，心臟狂跳如戰鼓擂鳴。

不，他不能再陷於被動之境，無論是前者還是後者，他都得做些什麼來破這個局！

起碼，他不該成爲孫家人用來威脅和拿捏拾娘的弱點。

裴行真勉力緩緩翻身坐起，眼前一陣頭暈眼花金星亂冒，他喘了好幾口氣，才總算穩住了，而後用盡一切力量，單膝跪地撐著站了起來。

他雙手被縛在身後，一小步一小步地數算著足下距離。

在甫上客船、踏進船艙的那一刻起，他便仔細謹慎地用腳丈量了艙房的每一寸，包含格局距離，以及艙房門和兩片窗櫺都分別位在何處。

於是他知道了其中一片窗櫺外，正對著一條窄小的過道，過道另一端就是船舷。

方才他們登船之時，就發現了他雙眼受傷宛若盲人，所以在捆了他之後，依然將他關在這間艙房裡，也無派人近前監管。

但他聽得出門口還是有人守著，因爲隱隱約約可聽見守兵騰挪腳步的細微聲響。

裴行眞心跳又急又快，他耐心等待著，等客船逐漸接近斷水峽……

斷水峽是出了名江水滔怒湍急的險峻之處，有多年來從兩岸懸崖滾落的巨石居中攔路，因此由此處分出了主支和分支大小水道，主水道往北，小水道迴南。

而這裡地勢河道又從較高處倏然向下而落，需得經驗老道的舵手才能有驚無險地成功掌船越過。

只能說，敢走這條水道的，一是急於趕路，不得不硬著頭皮闖關，一是藝高人膽大，善水者如履平地。

裴行眞緊緊貼靠著窗櫺，他身子隨著搖動幅度越來越大的船艙晃著，被縛緊的雙手攢握成拳，掌心裡盡是冷汗。

他雖然水性可以，但眼下他看不見，又被捆綁著，一旦入水就是九死一生。

但即便如此，他也要拚拚這一線生機！

船艙外，有人聲高喊著「小心！」、「仔細些！」、「掌好舵！掌好舵！」還有「扯緊帆，快！」……

他知道，時機已到——

裴行眞便在前頭眾人都全神貫注在眼前攔路巨石和主支分支江流奔騰，滔聲洶湧呼嘯震耳欲聾之際，霍然提氣，後背蹭開窗櫺，在窗櫺大開的剎那，往後仰倒跌落在潮溼的過道上，顧不得渾身痛楚，靈活地打了個滾，摸索到船舷……

隨後，他自黑暗中高高地摔跌入了冰冷狂急的江水裡，水漫無止境地朝他眼耳口鼻七竅包圍而來，裴行眞感覺到胸口再度鑽心巨痛，無法呼吸，無法反應。

但他還是憋著一口氣，努力用雙足騰轉猛蹬……試圖不被水底暗潮捲襲，礁石撞擊……

裴行眞覺得自己憋到肺腑都快炸了，拚命想要浮出水面再吸一口氣，可雙手縛後的姿勢令他怎麼也保持不了平衡。

終於，最後一絲氣息也耗盡了……

◆

深入骨髓的冷和烈火焚燒的燙，反反覆覆地煎熬燒灼著他，每呼息一口氣都彷若有熱炭從胸腑間滾動烙印了一遍，疼得他忍不住低低呻吟出聲。

下一瞬又是好似被沉入幽深寒潭中的顫慄，不斷在骨頭和骨頭之間劇烈抖動著，他牙關喀喀作響，本能想緊緊環抱住自己。

可一個溫暖赤裸纖細精實的身軀卻熨貼上了他的身體……

裴行真大大一震，神思恍惚混沌間，彷彿聽見那個他魂牽夢繞的熟悉清冷女聲在耳畔輕輕道——

「六郎，我在。」

拾娘！

彷彿是道信念咒語，是安神香定心丸……是他的情之所鐘，心之所向。

剎那間，煉獄的火焰和冰河的酷寒好似都消散遠去了大半，他昏昏沉沉間，本能地伸臂擁抱住了她香暖滑膩又柔韌的身子。

肌膚和肌膚交觸密合的當兒，兩人情不自禁地齊齊酥麻顫抖了，裴行真倏地感覺到自己心口和腹肌下的男子陽剛慾望，宛若猛虎出閘地衝破了理智！

有種自骨子深處迸發出的飢渴欲念盼望，密密麻麻地竄流到四肢百骸和每一寸感知裡。

「拾娘……拾娘……」

這份對心愛女郎萌生而起的情慾難耐和繾綣渴望，深深地壓下了他受傷高熱的痛楚感。

裴行眞努力想睜開眼，他想要親眼看到她，他要確定眞的是她……

可當他艱難地睜開眼時，眼前依然是恍恍惚惚，模糊不清，他才隱約記起自己眼睛受了傷。

但光只憑那依稀隱於大霧中，忽明忽暗透現的冷豔輪廓和那一雙閃閃發光的美眸，僅僅驚鴻一瞥，他瞬間就認出了——

是他的拾娘沒錯！

「六郎，你在發高熱。」拾娘顧不得羞赧，輕聲而堅定地道：「這裡是人跡罕至的山洞內，追兵找不到我們的……不過這支追兵恐怕也沒剩下幾個人了，因爲我鑿穿了客船。」

他呆住。「妳……妳鑿穿了客船？」

「他們要你的命，我就要他們的命，很公平。」她聲音裡閃過了一絲狠戾殺氣。「沒理由惡人能爲所欲爲，好人還要處處拘泥於溫良恭儉讓，讓個屁！」

饒是渾身哆嗦高熱發疼，裴行眞還是忍不住被她逗笑了，邊笑邊捂住隱隱作痛的肋骨，讚道——

「我們家拾娘就是霸氣，好樣的！」

她凝視著他，眼底有著劫後餘生的慶幸和後怕，呢喃道：「還好你沒事，還好我及時把你從江裡撈出來了……六郎你瘋了不成？怎麼就這樣投河自盡了？你不是口口聲聲說會等著我來救嗎？」

他被她罵得面露尷尬，心虛地柔聲求饒。「拾娘莫惱，我並非存心投河自盡，我也是想著博一條生路。」

「眼睛看不見還被人捆住，就敢一頭往水裡栽，你當自己是一隻河蟹嗎？」她心臟怦怦狂跳，越想越生氣。

「是我錯了，請拾娘原諒我這回，我往後不再這般冒失了好不？」他英俊蒼白的臉龐浮現愧色，撒嬌地交頸挨靠著她，赤裸精瘦矯健身軀依戀地蹭了又蹭。「好不？」

拾娘一僵，臉蛋瞬間布滿了酡紅霞色，驀地欺身壓在他胸膛上，牢牢扣住了他——

「別亂動！」

裴行眞也在自己方才忘形蹭動間，轟地一下又將慾火蹭得越發高漲……

他被她彷彿角抵般貼身制住了，雖然寬肩窄腰和長腿都動彈不得，可是有個地方卻絲毫不受拘管壓抑，反而迅速生猛堅硬膨脹起來，硬邦邦地化爲碩長凶器。

「雄壯威武」又精神抖擻！

因爲方才拾娘入水把他從江裡拖出來，好不容易尋到山洞後，又因外頭下了場夏日驟雨，也拾不到乾燥的乾枝柴木來生火取暖、烘乾衣衫和身子，所以拾娘見他發起高熱來，只好把兩人身上衣衫褪盡，用土方子爲他驅寒逼汗。

所以此時此刻，他們胴體之間再無寸縷遮擋……

她渾圓的酥胸和他光滑精壯的胸膛緊緊貼靠著，隨著彼此之間劇烈燥熱起伏的每一個呼息間，貼觸摩娑出越發灼熱酥癢的悸動。

拾娘也屏住了呼吸，她肌膚筋骨緊繃得不敢稍稍移動半分，因為她敏感地察覺到六郎的碩長滾燙如烙鐵般頂著自己平坦小腹的臍下三寸，一個弄不好，恐怕就會……

她以往從未想過和一個男人這般赤身露體肌膚相近過，也不曾設想自己的洞房花燭夜破瓜之禮時，會是怎樣的境況。

但現在她以上方壓制者的姿態趴坐在六郎身上時，有那麼一瞬間，她覺得自己像極了坊間說的那種採花大盜，只不過是女的，壓住兒郎就開始大舉肆意採捕人家的陽精！

拾娘呼吸越發急促濁重得厲害，當她額心熱汗滴答，低頭看著「嬌弱無力、任卿採擷」的裴六郎……

突然生出了——不如現在霸王硬上弓吞了他好像也無妨——的瘋狂念想來?!

終歸他現在也沒有反抗之力，且身上也發著高熱，只要兩人顛鸞倒鳳巫山雲雨胡天胡地一番，何愁不能叫他大汗淋漓寒氣盡出？

而且六郎胸肋間隱約有團瘀青，他現下肯定沒本事居於上方，做那個出力最多的人，所以就這樣乖乖地躺著，於他也未嘗不是一種享受？

拾娘素來清豔冷靜的眸子染上了抹罕見的春意和玩味，她壓著他，當眞認眞考慮起要不要就這樣順水推舟地行了事……

「六郎，不如你今日就從了我吧！」她一本正經。

「拾娘，我們……不能！」裴行眞咬緊牙關，強捺住體內沸騰叫囂的慾望，他俊美面龐此刻湧起不正常的赤紅，卻還是堅守著君子之道。

「爲何不能？」她低眸盯著他完美無瑕的眉眼鼻峰和唇瓣，舔了舔嘴巴，忽然覺得越發口乾舌燥起來。

也不知舔將上去，是不是和看著時一般的柔軟誘人美味？

「……因爲卓拾娘於我裴行眞而言，珍貴如天下至寶，我心裡盼著能與妳早日締結良緣，從此之後詩詠關睢，雅歌麟趾，同心同德，相敬相愛至白首偕老。」他嗓音輕啞。

她愣住。

他看不清楚她的模樣，大手笨拙地摸索著她臉頰的方向，拾娘自然而然地俯就過去，將臉蛋依偎在他暖得發燙的掌心內。

「拾娘，」他大手眷戀地輕撫著她頰，柔聲道：「我要擇吉日，請翁翁和裴氏宗老上卓家為我提親，懇求妳阿耶能放心將他心愛的女兒交託與我；我想讓全長安的人都看見我們盛大隆重的昏禮，知道我裴六郎何等有福，能娶到妳這樣天下無雙的好女郎歸家。」

「六郎……」她眼眶溼潤起來。

「我何嘗不想與妳共赴雲雨、享盡魚水之歡？」他輕輕地將她攬靠在赤裸汗溼溫暖的胸膛前。「可一個男子對心上人最基本的愛慕與敬重，便是不可在無媒無聘無尊長見證的境況下，輕易褻瀆了她。」

「……天下女子本就過得比男子艱難，我的拾娘無論何時何地，都不該委屈自己，沒名沒分就將自己交付出去，即便那個人是我裴六郎。」

拾娘心口一陣陣暖流激昂蕩漾，又是酸楚又是甜蜜，既覺他有幾分書呆子憨憨耿直的傻氣，又覺他不愧是百年清貴詩書大族裴家的兒郎，這份高風勁節的剛正，清朗端方的風骨，著實令人感佩敬慕。

「六郎，我明白了。」她貼靠著他低沉而微微紊亂鼓譟的心跳聲，驀地笑了，美眸熠熠生輝。「你也同我想要你一般地想要我，可你說得對，你我本就不僅僅只圖一湊貪歡，而是奔著一輩子永結同心、互助親愛去的……那行，眼下我們忍一忍，熬熬就過去了！」

他嘴角笑意深深地蕩漾了開來。「……好拾娘，妳說得對，我們『熬熬』就過去了。」

況且，只要有她在自己的身畔，這已是世間最美好。

第八章

潞州使者天明快馬出發，一路疾馳數百里，抵達魏城已是夜半時分。

使者發現魏城此刻氣氛凝重緊繃而詭異，原本早該在日暮時就緊閉嚴實的城門，此刻大門敞開，到處都是兵將軍士四處在搜捕盤查，眾人臉上俱是驚惶不安……

全城百姓人人自危，使者騎在馬上經過了兩個瑟縮並肩的更夫之時，聽見更夫們壓低聲音偷偷議論道——

「從今日一大早便鬧到了現在，說是要找一個什麼金盒，十分緊要，若有人知道是誰偷盜了金盒，就得馬上去通稟，否則被拿到知情不報的證據，舉家都要人頭不保云云……」

拿鑼的更夫也道：「我聽說這令出節度使府，也不知是怎樣價值連城的金盒，裡頭究竟藏了什麼寶貝?」

「這誰知道呢?」拿梆子的更夫小聲道:「不過猜不得,猜不得呀,反正咱們這樣普通的小老百姓可沒那樣的通天本領能去盜金盒,至多家裡被乘機混水摸魚上門打劫的軍士們詐些銀錢去,這掉腦袋的事是跟咱們無關的。」

「唉,也不知道還要鬧到幾時?」拿鑼更夫咕噥。

「別說了,還是辦差事要緊!」手持梆子的更夫清了清喉嚨,一敲梆子揚聲道:「戌時二更,關門關窗!」

拿鑼的更夫也一敲鑼,喊道:「戌時二更,防偷防盜!」

使者思忖了一下,立時又一提韁繩,策馬往節度使府方向奔去。

田承嗣得到外院管事通報時,先是一愣,而後冷冷一笑——

「我那『好親家』命使者送信來?這是終於收到線報,知道我拿他配給女兒的五十名部曲開刀了?」

心腹幕僚猜測:「田公,使者此番銜薛嵩之命而來,莫非又和往常一樣,忙著獻上錦帛金銀等重禮向魏城示好？也是告罪賠禮之意？」

田承嗣得意洋洋。「我早看穿了薛嵩此人，他本就是溫馴懦弱怕事之輩，若非昔日他父親薛公早年手段了得，把個潞州治理得井井有條，還在陣前替聖人擋了一箭，博得了聖人信重，否則這潞州的代牧之權也無法子承父職地傳給了這個兒子，只不過叫薛嵩守成可以，旁的便不值一提了。」

單看能把個女兒教養成這般嬌縱蠢笨至斯，便不難想像，潞州薛家的氣候也到頭了……

薛嵩膝下無子，女兒又是爛泥扶不上牆的貨色，與其將來潞州被朝廷派員全面接管，不如給了他田承嗣，還能保他薛家最後一絲體面。

不過，倘若這個親家願意乖乖順從臣服，知趣些從此任田家驅策，自己倒是可以大發慈悲，讓他繼續做一做潞州明面上的節度使。

畢竟樹大招風，魏博治下已有五州，田家是想蠶食鯨吞潞州，卻也不想輕易惹來聖人猜忌。

「那麼田公要親自接見使者嗎？」

田承嗣回過神來，一掃昨夜至今驚失金盒的煩躁與惶懼，大笑道：「見！這次我倒要看看，這位親家翁給我田家備了什麼樣的賠罪禮？」

只是等田承嗣大搖大擺地來到正廳，懶洋洋地盤腿入坐，先接來了婢女奴兒跪遞上來的濃茶，略漱了漱口後，又吐向她捧上的雕花銀盆裡。

「說吧！」田承嗣單手斜撐著臉，一副百無聊賴地問：「你家主君遣你來，有什麼事？」

使者連忙恭敬地躬身送上紅緞包裹的一物，並附一封薛嵩的親筆書信。「田公請笑納。」

心腹幕僚上前接過，呈至田承嗣面前。

只是在紅緞揭開的一刹那，田承嗣瞳孔一突，心腹幕僚和正廳眾軍士奴僕都倒抽了一口氣——

紅緞裡包裹的正是田承嗣枕邊遺失的那只金盒！

田承嗣臉色大變，手摁金盒不忙打開，暴聲怒喝道：「薛嵩這是想幹什麼？」

使者心頭發緊，強自鎮定道：「我家主君有書信奉與田公，請田公觀後便知。」

心腹幕僚趕緊代爲拆開了信箋，確定上頭沒有沾染什麼毒物後，便惴惴不安地奉上。

田承嗣接過來，目光陰沉地速速瀏覽了起來，裡頭墨跡文雅地寫著——

田公敬啓：……昨夜有客自魏中來，云自田公床頭獲一金盒，嵩不敢留駐，謹卻封納。

田承嗣心臟狂跳如雷，盯向使者，有些口乾舌焦。「——那位『客』，是你們家主君的人？」

使者拱手道：「回田公，某不知。」

田承嗣驚疑不定，一回想起昨夜自己酣睡正熟，此人能神不知鬼不覺地進入被重重兵將和死士戍守得固若金湯的田府，悄無聲息地來到他跟前，盜走他枕邊的金盒，摘下奴僕婢女們的髮簪，削去他們的髮髻……

那麼想割下他的腦袋，豈不是易如反掌？

薛嵩書信裡說的是「有客自魏中來」，不願明著承認此高人就在他麾下，但田承嗣如何看不出謙謙有禮的字句裡，那撲面而來的威懾意味？

他臉色很是難看，後背心隱隱沁出冷汗。

「……你主君待如何？」長長的死寂後，田承嗣終於開口。

使者不著痕跡地鬆了一口氣，恭謹地再度拱手。「田公，我家主君的意思是，薛田兩家聯姻乃是潞州和魏博親善相合的象徵，也是兩地百姓之福。」

田承嗣皮笑肉不笑。「自是如此。」

使者吞了口口水，繼續道：「而雖說田公御下有方，猛將如雲，潞州抑是有米有糧，商路絡繹，親戚之間若能好來好去兩相成就，亦是一段佳話，不知田公以爲如何？」

田承嗣摩挲著金盒，心中滋味複雜萬千，半晌過後倏地笑了起來，親切道：「薛田兩家結親原就是喜事一樁，我家大郎也一向疼惜妻子，我們這對舅姑更是十分厚待兒媳，請薛公放心。」

「田公仁厚。」使者也不忘乘機奉承一句。

「至於外頭傳言我田家培養三千死士，便是想對鄰州虎視眈眈云云……」田承嗣虎眸幽深，卻是嘴角上揚。「那些個，都是想挑撥兩家關係的不肖之人所造的謠，薛公千萬別中了計。」

使者看著田承嗣笑容滿面的和藹模樣，暗地裡罵了句「老狐狸」，面上還是尊敬地道：「我家主君向來溫良心軟，自然不會受人挑撥，反而是田公一貫英武，志向遠大，主君擔憂有心人會心懷不軌，以捧殺之計對付您，所以特地命某前來，代他提醒一二，還望田公——」

「多謝親家翁了！」田承嗣打斷了使者的話，哈哈一笑。「你回去轉告老夫的話，就說魏城和潞州唇齒相依，兩家情誼如銅澆鐵鑄，不會斷的。」

使者還待說話，田承嗣又笑道：「話說回來，我當初調教這三千死士只是爲了防盜賊，保護節度使府上下老小安全，但我大唐聖主英明，盛世太平，魏博五州長年有朝廷駐軍戍衛百姓和地界，已是綽綽有餘，我田家這三千死士當然也該卸甲歸田了。」

使者心中一動。「田公高見。」

「使者回去，定要代我向你家主君道一聲謝，多謝他將金盒送回，」田承嗣豪邁大方道：「對了，我命人備上三萬匹布帛，兩百匹名馬，還有一些珍貴的金玉器物，遣人和使者一同帶回去潞州，交給我那親家翁。」

「田公，這……」使者一驚。

「這金盒於我至爲重要，是多少金銀錦帛也換不來的，」田承嗣大手牢牢搭在金盒上，感慨道：「不以這般厚禮相酬謝，我心中過意不去，還望親家翁笑納便是。」

話說到這裡，使者也不好再婉拒了，忙起身恭恭敬敬行了大禮。「某定然不負使命。」

「好，好。」

等使者退下，正廳便陷入一片詭異的靜寂……

心腹幕僚趕緊悄悄擺了擺手，示意奴僕婢女等退下，暗暗嘆了口氣，硬著頭皮低聲開口——

「故意示敵以弱，田公眞眞好計策。」

田承嗣魁梧渾雄的胸膛劇烈地上下起伏，聞言鐵青的臉色緩和了一絲，打開金盒檢查裡頭，自然未曾有一物遺失。

但他的生辰八字已經洩漏出去了，而且縱使自己手握三千死士又如何？只要薛嵩身邊那名神出鬼沒的高人在，就不啻於在他田承嗣頭上懸了柄刀，頸間橫了把劍……

他從未這般憋屈過，彷彿隨時會被人扼住脖子，要他生就生、要他死就死！

「看來，時機還沒到。」田承嗣閉上了眼，冷靜了下來。

「田公……」

「也是我衝動了，見薛凌靈那個蠢婦，薛嵩又一副綿軟好欺的模樣，便覺單憑手中三千死士，亦是奪潞州如探囊取物……沒想到薛嵩竟然還藏了這樣一只好棋。」

一個隨時能殺人於無形的高人，誰不怕來哉？

所以還是要再等等，再耐心些……

等薛凌靈那蠢婦再給她阿耶闖下更多的禍，等落在他田家掌心裡的把柄更齊全，還有……等找出了薛嵩麾下那名高人的身分，若能籠絡，便精心籠絡過來，若不能，便要想方設法除之而後快！

田承嗣眼神晦暗莫深。

「田公，要不要屬下安排下去，讓潛伏在潞州的細作查一查這高人是誰？」心腹幕僚獻計道：「當年老薛公在軍中還是栽培了不少得力武將的，前次我們絞殺的歐陽狩便是其中之一，聽說是老薛公從狼窩裡撿回的孩子，此子勇猛忠心，只可惜……」

「只可惜被老薛公的蠢兒子又給了她的蠢女兒。」田承嗣冷笑一聲。「若歐陽狩是我田家軍的兒郎，我定然不會叫他白白成爲兒孫們的犧牲品。」

他田承嗣姬妾無數，光是庶子女便不下二、三十人，除了日後要繼承他基業，狀似風流卻精明聰慧的大郎以外，其他的哪個在他心目中的地位，都遠遠比不上一名對他赤膽忠誠、剽悍勇偉的武將。

心腹幕僚心有戚戚焉。「我等能在田公麾下效力，實乃大幸也。」

「薛嵩身爲一州之掌，非但感情用事還不分好歹，」田承嗣大掌搭在金盒上，似笑非笑。「等著吧，即便我不出手，也自有其他鄰州勢力眾狼環伺，磨刀霍霍向潞州……少了田家助力，他薛家就是砧板上的肉，真到那日，我魏博五州最爲靠近，自然能搶占先機。」

「田公果然高瞻遠矚，我等有所不及。」心腹幕僚拱手，滿眼欽敬。

「你這馬屁拍的，本公愛聽，哈哈哈哈。」田承嗣又復大笑，虎眸精光微閃。「話說回來，想探查薛嵩身邊的高人底細，又何須浪費我魏博細作？不如來個以子之矛攻子之盾，豈不妙哉？」

心腹幕僚一頓，隨即恍然大悟。「田公的意思是……薛娘子？」

他笑著點了點頭，很快便命人把大郎君田景懷召來。

田承嗣外表看著像是粗獷魯直跋扈的大老粗武將，實則心細如髮，行事向來做好兩手準備。

迅雷不及掩耳絞殺歐陽狩及其五十名部曲，一來是威嚇並斬斷薛家耳目，二來是可以把薛凌靈這個「人質」牢牢掌控在手。

但田承嗣也知道這個兒媳有多難纏，惹禍的本領有多大，萬一脾性上來了，鬧得魚死網破，折騰死了自己，反倒讓薛嵩有藉口發難。

所以他特命兒子這些天都要好好把人安撫住，別讓她察覺到府內和魏城的異動，也莫讓她又任性地跑回潞州娘家，壞了大局。

「阿耶，您找兒子有事？」田大郎君身姿挺拔，步履如飛地速速趕來，恭順地先向父親見禮。

田承嗣看著眼前自己最器重的大兒，撫鬚一笑，拍了拍他的肩頭，親自將他攙扶而起——

「大郎，這些時日累苦你了。」

「阿耶這話就折煞兒子了，」田大郎君滿眼孺慕之色，恭敬謙虛道：「兒子沒有阿耶的本事，但不拖阿耶的後腿，這點兒子還是能辦到的。」

「若不是爲了魏博和田家，你也無須娶這樣的蠢婦。」田承嗣是當眞心疼這個樣樣出彩的好兒子。

換作旁的男子，到了這個年歲不說妻妾如雲兒女成群，至少膝下也該有個一兒半女。

可自打薛家這個蠢婦入了門以後，先是鬧騰著堅持要把以前服侍大郎的侍姬婢妾都發賣了，連兩個懷了身孕的也不放過。

田家初始看在薛家這門親的份上忍了，只得忍痛讓那兩個妾落了胎，遠遠送去莊子上，不礙她薛凌靈的眼。

大郎後院從此都由著她把控，新挑的侍妾也要過她的眼，可即便她允可了留下的，只要大郎多看了一眼，那侍妾又該遭罪，非打即罵，甚至還叫人打碎了花瓶碎片，把侍妾壓在上頭跪出一地血來。

林林總總，數不勝數，但最令田承嗣夫婦厭惡的是這個兒媳不許兒子去睡妾，她自己兩年來肚皮也沒半點消息。

看著和大郎同年歲的都做阿耶了，大郎卻還是孤零零的，既沒有兒女，身邊也沒能有個可心的，只有個喜怒無常的妻子……

田大郎君神情沉穩平靜。「阿耶，娶誰都一樣，只要能助阿耶大業，兒子都甘之如飴。」

「你放心，終有一日，阿耶會代你解決了這根如鯁在喉的刺兒！」田承嗣鄭重地道。

田大郎君目光低垂。「一切都憑阿耶作主。」

「咳，」田承嗣有些心虛不自在。「不過在這之前，有件事還需我兒委屈辛勞些……」

「阿耶請說。」

田承嗣看了心腹幕僚一眼，幕僚會意地悄悄躬身退下。

◆

裴行眞和拾娘在山洞內藏了十天。

白日拾娘便出去打獵物，在附近溪流剝皮清洗切割，又老練地尋到了野蔥和蒼耳、蒓菜等。

她搬來平整些的大石片堆砌成粗陋卻好用的土灶，升起火，先把山雞或野兔在大石片上烙得金黃燦燦，燒得油脂汁水橫流，再將剁碎的野蔥和菜蔬置拌其間，一下子山珍野味的香氣飄蕩了開來。

拾娘打了多年的仗，在野地求生的本領也是數一數二，便是當初在鳥不生蛋的沙漠裡，她都能領著一群阿兄阿姊去掏深深藏在沙窩裡的蛇蛋，偷出來架柴燒火烘了吃了，何況在南方這座鬱鬱蔥蔥、物產豐富的山裡……想吃什麼不是手到擒來？

這十天裡，她變著法子給六郎和自己做許多好吃的，不是打獵物就是抓河魚便是挖竹筍，用隨身的匕首把竹子斬成一節一節，一下子鍋碗瓢盆筷子全都齊事了。

每天雞湯魚湯、烤雞烤魚輪番著換，吃乏了還有山間酸甜可口的野果子可以解解膩。

裴行真本就年輕，身子骨強健，又被她日日投餵填養著，高熱和內傷很快就痊癒了，只是目前最教拾娘惦念憂心的，還是他的眼傷。

說來他這一雙眼自南下辦案來，真是多災多難，好不容易在南城被大夫施以金針之術，又服了兩帖湯藥，想著搭上客船便能一路北上回到長安，沒想到又有這一遭水劫。

「拾娘莫擔憂，我這叫大難不死必有後福，」他盤膝坐在山洞裡的大石上，剛剛吃完了一掌心的野果，笑嘻嘻道：「況且山洞裡陰涼，倒也合適我養眼傷。」

拾娘看著他眉宇舒展，嘴角輕揚，一副沒心沒肺的歡快自得模樣，都不知該惱還是該笑才好。

「六郎就不怕追兵又追殺上來了？」她高高挑眉。

「這不是有拾娘妳保護我嗎？」他笑吟吟。

拾娘一滯。

……那倒也是。

「況且帳冊現在也差不多已經隨著烏峽水驛的驛兵入龍首渠，過延政門，經北衙禁軍指揮使，親送進大明宮聖人御案前了。」他愜意悠然地道：「山雨欲來風滿樓，咱們躲著點……退就是進，進就是退，不必爭在這一時。」

拾娘難掩敬佩地注視著裴行眞，雖說他是文官，卻深諳孫子兵法之道。

正所謂：兵者，詭道也。故能而示之不能，用而示之不用，近而示之遠，遠而示之近……攻其無備，出其不意。

這次的衡州祕密帳冊，便讓他玩了好一手的虛而實之、實而虛之。

他們一行人分三支分頭而行，各自走三個不同的方向，或陸路或水道或山徑。

赤鳶阿姊，早在他們出發前一夜就帶著「奔霄」，匆匆留下了一封語焉不詳的書信便消失無蹤，玄機玄符負責的路線爲山徑，他們都各稀釋並吸引走了一批追兵殺手。

而她和六郎則大剌剌地走水道，一路行經各地水驛……明面上又引出剩下的追兵，實際上是從衡州北上出地界的三十一處水驛中，隨機擇一水驛，暗中將帳冊密藏、夾帶於驛兵四百里加急內的公文封中。

大唐朝廷規定，凡文書在途中耽誤行期，遲一天杖八十，重則處徒刑兩年，若耽誤的是重要軍情，更是罪加三等，若因延誤造成戰事嚴重後果者，處絞刑。

所以驛兵都會拚死確保文書抵達京城，就連路上的盜賊都不敢對驛兵們下手，因爲一旦驛兵在某處失蹤，朝廷便會嚴令當地出動大軍將之剿滅殆盡！

路驛和水驛日日有眾多驛兵從四面八方穿梭而過，即便追兵殺手能夠想到了這一層去，全大唐數以萬計的驛兵，江南道沿途也有不下二、三千名……孫刺史或其黨羽的殺手再多，能海底撈針嗎？

況且……

裴行眞嘴角笑意越發促狹。「那只公文封裡郵驛的還是衡州孫刺史發往中書省的卷宗密件，這才是『大水沖了龍王廟』了。」

「這叫燈下黑。」拾娘也忍不住莞爾。「話說回來，大人你也太鬼精了，你怎就知那名驛兵攜帶的是孫刺史的卷宗密件？」

「我曾在中書省謄抄過卷宗，」裴行眞回想起聖人命他在六部見習的那些日子，還有些「餘悸猶存」……咳。「各地方刺史上呈進朝廷的所有文書卷宗匣子，都有不同章印的泥封爲記，如蒲州的泥封是『蒲印』，衡州就是『衡印』。」

「原來如此，」拾娘恍然，又好奇問：「泥封既然是用於封口，防止有人私拆盜竊文書，大人是如何能在不毀壞泥封，又能將帳冊放進去？」

「若拾娘像我，在中書省拆過成千上萬次泥封，便也能很快就學會了如何用最輕省的功夫，完好無缺地撬鬆泥封了。」他想俏皮地對她眨一眨眼，隨即才想起自己現在蒙著眼，連拋個眼神給他家拾娘看都辦不到。

裴行眞略覺心酸，於是爲了安慰自己，便又悄悄地摸索著握住了拾娘的手。

拾娘心下一軟，反手堅定地握緊了他，又問道：「但是六郎又怎能確定這一只要送進中書省的公文封，一定會走龍首渠過延政門，被指揮使從中攔截，親呈聖人案前？」

「我讓赤鳶娘子帶『奔霄』離開的那日，便已書寫一封密信讓『奔霄』帶回長安。」他微笑。「『奔霄』不是尋常的鷹隼，他是聖人特封的『鷹使』，聖人的大明宮裡還給牠專門留了個金籠子做窩。」

她一呆，有些不敢置信。「……六郎的意思是，『奔霄』自己便可以上達天聽？」

「何止呢，牠在聖人面前可比我吃香多了，不只會蜷縮在聖人懷裡呼呼大睡，還被聖人親手擦羽毛餵肉條。」裴行眞故作吃味。「——人不如鷹啊，嘖嘖嘖。」

她忍不住被逗笑了。「六郎都多大了，還與『奔霄』爭寵？難道你也想蜷縮在聖人懷裡呼呼大睡？」

只是此話一出，兩個人想像那個畫面，不由猛地打了個哆嗦。

噫，罪過罪過……

「拾娘誤會我了，」裴行眞趕緊舉手表忠貞。「我只想蜷縮在妳懷裡呼呼大睡，被拾娘親手擦頭髮，餵肉條——」

她臉一紅，笑罵道：「想得美！」

兩人說說笑笑，山洞內雖處處簡陋、樣樣不便，卻蕩漾著滿滿寧馨和濃郁如糖飴般的甜蜜……

彷彿置身陶公筆下自成天地的桃花源裡，一瞬間，外面的陰謀詭計、刀光劍雨和朝政黨爭、暗潮洶湧，好似都已不復存在。

✦

魏城田家送的三萬匹布帛，兩百匹名馬，還有滿滿一整車珍貴的金玉器物……剛剛進了潞州城門，早已搶先一步收到侍者命人捎來消息的薛嵩，率領屬下和僕從候在節度使府大門口。

薛嵩本就是個恪守禮節的翩翩君子，田家今日這麼大手筆的重禮對潞州和薛家而言，除了是示軟更是交好之意，他自然要親自來接，方顯鄭重。

看見前方浩浩蕩蕩而來的隊伍，薛嵩忍不住側首回望身後人群中的紅線，滿眼盡是柔情歡喜。

紅線接觸到他目光的剎那，心下一怦。

薛嵩對她展顏一笑，正想說些什麼，忽然聽見一聲嬌喊——

「阿耶！」

他霍然回頭，又驚又喜，激動忘形地快步主動迎了上去。

「靈娘，妳也回來了？」

薛凌靈急急要從寬敞華貴的雙駒馬車上下來，等不及一旁的馬童取來踩凳，她厭惡又囂張地甩了坐在車轅上的婢女夙月一巴掌——

「沒眼色的賤蹄子！還不快跪下來給主子踩背？」

夙月這些時日被性情驕縱暴躁的薛凌靈非打即罵，折磨得整個人瘦了一大圈兒，憔悴蒼白得彷彿風吹會倒。

可薛凌靈對此非但視而不見、無動於衷，甚至在回潞州的這一路上，還故意命夙月滾去和馬車夫一樣坐在外頭車轅上，經歷風吹日曬雨淋，也不許踏入車廂內半步。

夙月好不容易強撐著進了潞州城，還未鬆口氣，便又挨了主子掌摑，她嚇得連滾帶爬地下了車，跪下來努力挺起瘦弱的背脊。

紅線看到這一幕時，不禁嘴唇緊抿了抿，她若有所待地望向主君——只是令她失望的是，主君薛嵩見狀只是皺起了眉頭，搖了搖頭嘆口氣。

「底下人伺候得不好，妳交給嬤嬤訓斥調教也就是了，」薛嵩憐惜地摸摸女兒的頭。「何必自己發這麼大的脾氣？」

「阿耶，您不知道，女兒這些日子有多憋屈，」薛凌靈撒嬌地抱住父親的手臂，嘟起小嘴紅了眼眶。「他們都欺負我！」

薛嵩聽見女兒這麼說，簡直心疼死了，黑眸嚴厲地盯向跪地不起的夙月和簇擁的一干奴僕婢女們──

「我把靈娘子交託給你們，你們便是這般服侍主子的？」

奴僕婢女們瑟縮不已，連連磕頭。「奴等不敢……奴等不敢……」

薛凌靈看著父親為她出頭，含著眼淚笑了起來，依戀地道：「幸虧有阿耶為我作主，否則女兒都不知道該怎麼辦才好。」

「怎麼了？」他心下一緊，忙問。「可是又和女婿吵嘴了？」

一提起田大郎君，薛凌靈小臉泛起了朵朵紅暈，嬌羞地道：「才沒有，大郎最近待我處處體貼溫柔，這次非但陪我回娘家，他聽我提及過阿耶冬日畏寒，還親自入山獵回了幾隻銀狐，讓人剝皮硝製了件銀狐毛領子，說要孝敬您呢！」

他聞言甚是欣慰，抬眼看向緩緩走近自己，正恭恭敬敬朝自己行禮的田景懷。

若撇開田家的野心勃勃不談，他還是很滿意這個女婿的，不只高挑英俊，還同時具備了文人的風儀及武人的氣勢，兩家在結親前，他也曾私下好好打聽過，確實是個不可多得的乘龍快婿好人選。

只希望田承嗣是田承嗣，景懷這兒郎對自家女兒還是有幾分真心，無論如何都能護著女兒。

如今看著小倆口在他面前如膠似漆的親近模樣，熟稔自然，半點不像僞裝出來的……薛嵩那顆高高懸著的心總算能安穩下來了。

「大郎，」他親近地對田景懷道：「我這女兒被我寵得太嬌了，虧得賢婿願意這般包容疼惜她——」

「阿耶您說什麼呢！」薛凌靈惱了，不依地揪扯著父親的衣袖。

田景懷卻是寵溺地笑看著她，並對薛嵩道：「岳父大人，靈娘很好，無論一嗔一喜都靈動天然，沒有心機算計，我能得妻如此，甚感幸之。」

薛凌靈臉紅了，感動地望著田景懷。「夫郎……」

「好，好！」薛嵩撫鬚老懷大暢。「夫妻之間就該這般相知相惜，好賢婿，就衝著你這一番話，今兒個我定要好好敬你三杯才行——管家！」

「老奴在。」管家眼神伶俐，忙上前湊趣。「老奴這就命人備齊豐宴，好好爲靈娘子和大郎君洗一洗塵。」

「好，還有把桃花樹下的那幾罈子酒給挖了，讓大郎品品我們潞州有名的桃花釀。」薛嵩感慨道：「這還是我們父女當初一齊釀造親手埋下的……當眞是流光飛逝，一眨眼都過了七年啦！」

薛凌靈挽著阿耶的手臂，一邊小指頭勾纏著夫郎的手……端是喜笑顏開嬌豔若花，這一刻，她儼然是全大唐最幸福的女郎了。

在步履經過的當兒，薛嵩對遠遠隨侍在後的紅線使了個眼神，目光瞟一瞟猶跪在地上瑟瑟發抖的夙月。

他無聲道：「好生安置。」

原本有一絲兔死狐悲之慨歎的紅線愣了愣，清眸霎時亮了一亮。

她頷首，慢慢腳步落下……藉由隊伍前行遮擋住薛凌靈視線之際，悄悄彎下腰對夙月道：「起來吧！」

夙月一抖，茫然又提防地望向她。「紅線娘子？奴不敢——」

「主君知道妳受委屈了，」她嗓音清冷而溫和。「特命我好好安置妳，我見妳面有病色，想必身子不大好，節度使府中大夫醫術不錯，我領妳去給他號脈調治……妳放心。」

夙月神色掠過一抹悲憤而嘲諷，低低道：「紅線娘子的好意，奴心領了。奴賤籍之身，哪裡配看府醫？若叫靈娘子知道了，恐怕又要好一番大鬧，屆時一聲令下要打死奴，便是主君也不會違逆她的意思。」

夙月話裡的譏誚溢於言表，紅線一震，她本能想爲主君說話，卻發現自己想說的話都是那般蒼白無力。

只因她們彼此心知肚明，主君對於這個心肝兒肉的女兒是愛逾性命，即便平時再清明溫善寬厚，可面對薛凌靈的任性要求和撒野，主君向來是沒有抵抗之力的。

半晌後，紅線勉強一笑，安慰道：「不管怎麼說，能鬆快一時是一時……保全好自己的身子是最緊要的。」

夙月低下了頭，哽咽道：「紅線娘子，奴大膽想求妳一件事……」

「把妳調離靈娘子身邊嗎？」紅線注意到她衣領和袖口也未曾掩藏住的傷痕，心中酸澀，衝口而問。

夙月聞言雙眼燃起了希望之光，可隨即又黯淡了下來，搖搖頭道：「奴是靈娘子的貼身婢女，自請調離靈娘子身邊，對她而言不啻背主，背主之人是沒有資格活下去的。」

紅線胸臆間倏然竄出熊熊怒焰，沉聲道：「妳雖是賤籍，也是個活生生的人，即便賣身契在薛府，在靈娘子的手中，唐律有載：奴婢律比畜產，為主之資財，可若奴婢有罪，其主不請官司而殺者，杖一百，無罪而殺者，徒一年。」

「可若靈娘子不遵循唐律呢？」夙月聲音有些尖銳了起來，憤憤悲愴地道：「紅線娘子服侍主君五年，可我是薛家的家生子，自小也沒少見靈娘子任意命人打殺奴僕爲樂。」

「主君便不管嗎？」紅線心下悚然，本能地道：「不，依主君的仁厚，是爵不可能縱容靈娘子至斯，卻半點也不管束的。」

「可就因著她受寵，所以多的是人搶著在主君面前爲她遮掩，把那些無辜而死的奴僕隨意報了個暴病身亡，便草草扔去了化人場或亂葬崗，」夙月仰頭，深深地望著她。「——當時的靈娘子不過七歲。」

紅線臉色變了。

「奴有個小姊妹便是被靈娘子逼迫爬上樹捉雀鳥，結果雀鳥飛了，她反應不及摔下來斷了腿，靈娘子還嚷嚷叫著說奴的小姊妹存心驚走雀鳥，對主子不忠不敬，就命人把她拖進柴房，也不給醫治，」夙月咬牙切齒。「那小姊妹最後是生生痛死的……」

紅線霎時心寒澈骨，緊緊握拳。「——主君還是任事不知嗎？」

「小姊妹的阿娘阿父是府裡的花匠，拚死在主君回府途中，向主君告狀，兩人知道奴告主是沒有好下場的，告完狀後，兩夫妻便齊齊撞柱死了。」

紅線不忍地閉上了眼，只覺胸口悶窒得厲害。

夙月淚眼婆娑，而後語氣漸漸透著快意。「不過此事在府中引起軒然大波，主君大發雷霆，把好幾個爲靈娘子隱瞞又協助作惡的管事和嬤嬤都下了大獄，徒二十年，還重重罰了靈娘子禁足一年，任憑她如何哭鬧都不放出院子……經此之後，靈娘子也怕了，便稍稍改了暴虐的性子。」

夙月話裡未說的是，稍稍改了暴虐之性，不代表靈娘子就成了好人，她不過是從此知道了父親的底線在何處，盡量不越過那條底線罷了。

「……妳還是恨她對嗎？」紅線一嘆。

夙月反問。「紅線娘子，換作是妳，妳恨不恨？」

紅線無言以對，一時默然。

「恨自己主子的奴婢不是只有奴一個，也永遠不會只有奴一個。」夙月神色又漸漸恢復了麻木。「這就是命吧，降生爲人，天生就分貴賤，奴等早就認命了。」

良久後，紅線喃喃低語——

「……不是這樣的。」

夙月苦澀而嘲弄地道：「紅線娘子是主君身邊的紅人，自然與奴等這樣的卑賤婢奴不同了。」

「夙月，其實……」紅線有一股衝動想說什麼，但最終還是克制住了。

「奴該去服侍主子了。」夙月如行屍走肉地緩慢爬起身，對紅線揖了一揖。

「紅線娘子，妳我各安其天命，妳的好意，奴領了。」

紅線望著夙月孤零零又踉蹌的步伐慢慢淡出視線，清眸深處再度浮現了一抹掙扎和迷茫……

第九章

當晚節度使府內大擺宴席，笑語喧嘩，絲竹悅耳，賓主盡歡……

在酒酣耳熱之時，薛嵩看著默默隱身在自己後頭的紅線，想著此番潞州大禍得以消弭，她居功甚偉，可惜爲著種種原因，他明面上卻不能對紅線大肆褒獎。

他心裡又是感激又是愧疚，忽地腦中閃過一個念頭，興沖沖地向眾人提起這個貼身侍女非但飽讀詩書才貌雙全，還彈得一手好阮琴，並提議讓紅線去取來阮琴爲眾人奏一曲助興。

薛嵩想著，等紅線的阮琴博得滿堂彩，他也好藉著名義大加賞賜，如此也就不顯眼，不會引來外人啓疑竇了。

只是沒想到紅線領命，回去院子要取阮琴的當兒，薛凌靈卻突然出現，攔住了她的去路。

「站住！」薛凌靈本就喝得半醉了，又被人唆使了兩句，便憑著一腔火爆意氣追了來，喝住了紅線。

她本就自詡是這一場宴席上，最受武將郎君賓客矚目和愛戴的唯一女郎，眾人那愛慕或崇拜或敬畏的目光，一口一句的讚美，都誇得她醺醺然又洋洋自得，覺著自己就是魏城和潞州能永世交好的大功臣。

可阿耶偏又叫紅線出來奪了她的鋒頭，這教她怎麼忍得？

紅線腳步一頓，屈身對薛凌靈一禮。「靈娘子有何吩咐？」

「給我跪下！」薛凌靈怒叱。

紅線眼神一冷，若換作往常，她定會謹記自己的身分乖乖跪著，可夙月稍早前痛訴過的那些過往慘況，她情不自禁對眼前這個豔麗刁蠻的少女，胸中生出了一股壓抑不下的厭憎。

「主君還等著我回院取阮琴去前頭獻藝，奴不敢耽擱，請您見諒。」紅線斂眉低首，話畢就要轉身離去。

薛凌靈酒意上湧，勃然大怒，猛然抓住了她的手臂。「妳竟敢違抗我？」

紅線回頭，眼神殺氣一閃。

薛凌靈呼吸一滯，直覺鬆開了手，可當她發現自己居然因一個低賤的婢女而感到驚恐駭然時，不由又羞又惱，氣急敗壞起來——

「我讓妳走了嗎？」

紅線冷冷地看著她。「靈娘子如果想誤了主君的事，只管繼續撒潑下去。」

「無論我做了什麼，阿耶都不會生我氣的，」她得意驕傲地一昂頭，嗤之以鼻道：「倒是妳，別仗著阿耶寵信妳，就敢爲所欲爲，哼！我方才私下裡問過阿耶了，他壓根不承認上回派妳去魏城把我帶回潞州，所以妳明明就是打著阿耶的幌子自作主張，誰知道妳潛入我們田府裡有什麼陰謀——等等！」

紅線清眸高高豎起警戒，心下重重一沉——

上次雖成功盜取金盒，卻沒能把身陷龍潭虎穴裡的薛凌靈帶回來，主君雖感傷失望，卻也知道這個女兒性子又倔又拗，從不願意聽人勸的，也自然怪不得她。

主君後來說薛凌靈性子直，口風不緊，一些機密要事還是瞞著她為好，以免壞了大事，所以她前次深夜突然出現在田府這件事，他自會想好一套說詞安撫這個女兒。

但紅線萬萬沒想到，主君所謂的「說詞」竟是一推四五六的矢口否認，非但未能令靈娘子釋疑，反而教她自己枉擔了罪名？

難道主君沒思慮到，即便她於世人眼中，不過是薛家府裡一個地位卑下又手無縛雞之力的侍書婢女，但靈娘子當晚已經知道她身負武藝，自然不難將田承嗣金盒被盜一事與她聯想到一處。

那時她曾出言警示告誡，薛凌靈也知情識趣地對外瞞住了，因為心知肚明無論再敵視她，可只要事涉薛家和潞州的安危，她們就是同一陣線的。

可現在主君的一聲否認，卻不啻當場打碎了她們之間這岌岌可危的脆弱聯盟……

「靈娘子，此事有誤會。」她按捺下心中一縷燥意，耐著性子溫言對薛凌靈道：「主君定是怕隔牆有耳，這才出言否認，靈娘子可等明日主君酒醒了後，再好好問一次，主君必不會再有所隱瞞的。」

「等到明日？難不成今晚妳又要去跟我阿耶吹枕邊風了？」薛凌靈一聽之下，火氣頓時往腦門沖，習慣性地揚手又要掌摑她。「賤人！我們父女倆一向心意相通、無話不談……要妳來插足多嘴？」

紅線穩穩地捏住了她的手腕，薛凌靈痛得喊了一聲，越發怒火中燒，尖喊道——

「妳敢弄痛我？來人！來人！」

紅線眼神一冷，生怕驚動了前頭盛宴或附近執哨的衛士，更不願與發著酒瘋的薛凌靈再做無謂糾纏，索性一掌劈暈了她。

只聽得薛凌靈尖銳的嗓音戛然而止……

總算安靜了！

前頭吹笙鼓樂聲響隱隱憑風而來，紅線怕耽擱得太久，惹來堂上眾人不必要的關注，也怕主君擔憂，便一把扛起暈過去的薛凌靈，運起輕功閃電般躍上高高屋簷，幾個點足起落間，將薛凌靈送回她未嫁前的院子裡。

雖然厭憎此姝的惡毒，但紅線還是看在薛嵩的份上，仔細地將人安置在臥榻上，這才悄然無聲地離去。

接近兩刻鐘之時，紅線抱著阮琴恭敬地回到了席間，薛嵩正吃著醒酒湯，見狀不自禁微蹙了蹙眉，有一絲不悅——

「怎麼去了這般久？」

若換作以前，薛嵩不知她身懷高深精妙武功，從前院招待賓客的大堂穿過重重苑門到內院，小女郎尋常腳程自然不快，耽擱時辰久些也理所應當，但眼下她明明可以用最快的速度來回，怎地延誤至斯？

席上女婿屢屢含笑提起，說久聞他身邊的青衣婢不止阮琴技藝一絕，聽說更是熟諳四書五經，學識見識不遜世家教養出的女郎。

不知爲何，薛嵩看著女婿一臉欣賞欽佩的神情時，他心底醋意翻湧了起來。

好似原本屬於自己的東西，竟被外人覬覦了，那人還是他女兒的夫郎，俊俏英武挺拔且……年輕。

薛嵩盯著紅線，腦中陡然閃過一個瘋狂的念頭——

田景懷比他青春年少，和紅線年歲也相匹配，田景懷這般激賞稱讚於她，紅線若知道了，會怎麼想？

這世間不止男子貪鮮嫩，若換作女子，是會選一個年紀堪比自己父親的男人？還是會選一個朝氣蓬勃、神采飛揚的青年？

女婿一刻鐘前告退說要去更衣，適才和紅線雖然從不同的角門回來，卻是巧合地一前一後……

難道，他們剛剛私會了？

薛嵩越想越氣悶，心頭滋味酸澀苦辣難辨，注視著紅線的眼神嚴峻中透著一絲絲懷疑。

紅線是習武之人，對於人的情緒本就五感敏銳，她錯愕地抬頭。

「說！」薛嵩隱隱暴躁。

紅線腦子有一霎的空白，而後冷靜下來，低聲回道：「稟主君，奴回院的時候遇見了靈娘子，她有些醉了，我便送靈娘子回寢屋，這才耽擱了，望主君見諒。」

薛嵩一愣，這才明白自己誤會了，又是愧疚又是心軟，含情脈脈的深邃眸光直直注視著她，在酒意催化下彷彿有些情意呼之欲出，再管不住……

「紅線，我只是擔心妳……」他清了清喉嚨，柔聲道。

這一刻，她卻沒有往常被他專注凝望時，自己會臉紅心跳赧然難禁的感覺，相反地，紅線一瞬間陡然回想起這段時日歷經的種種。

這些年來她眼中的薛嵩形象，清俊偉岸，仁厚溫善……一點一滴都是她深深雋刻在心底的，可此時此際，恍恍惚惚間，又似只是鏡中花水中月……

紅線清眸深處的迷惘之色更濃了。

薛嵩察覺出紅線心緒不好，他也被自己方才那番鬧騰驚得酒意消褪了大半，後背心微微沁出了冷汗來，夜風一吹，忍不住打了個激靈。

「咳，是我錯了。」他好聲好氣地道。「求紅線原諒則個。」

紅線搖了搖頭，定了定神。「主君無需如此。」

雖然主僕間那一霎的誤解和彆扭像是已經過了，但下半場薛嵩還是有些心神不寧。

酒宴直到三更天方才散了，薛嵩腳步踉蹌地被管家和紅線攙扶著，俊雅成熟的男性臉龐不斷在紅線頰邊挨挨蹭蹭，酒意醺人……

「紅線……嗝，莫生氣了……是主君錯啦……」他醉醺醺地呢喃，嗓音裡透著委屈。

紅線極力維持面色平靜，不去看管家那似笑非笑的眼神。「主君醉了，您仔細腳下，別摔了。」

「紅線生我氣了……」薛嵩嘟囔。

管家意味深長地道：「紅線娘子今晚就好好服侍主君睡下吧，這些年來妳盡心侍奉主君，情深義重，大夥兒都看在眼裡了。妳放心，主君是良人，必然不會讓妳沒個名分，雖說做不成正頭娘子，可一個貴妾的身分還是不辱沒妳的。」

紅線臉色驟變，冷聲道：「管家請自重。」

管家見主君半醉半醒，實則悄悄兒豎尖耳朵的模樣，心下更加篤定主君這是裝醉試探呢，因此樂得體貼主子的心思，又順水推舟一把——

「紅線娘子，咱們主君可是天下難得的好郎君，英俊風雅位高權重還潔身自好，自從主君娘子過世後，至今不說繼室了，便是個正經的妾侍都沒收用過，可他身邊只許紅線娘子妳親近，這不就明擺著，主君心裡也是有妳的嗎？」

紅線沉默了，腳步不停，心卻又亂了。

「人可不能貪心太過，雖說紅線娘子人品才華樣樣都好，但妳是賤籍出身，能得個貴妾已是人人豔羨的好結果了。」管家勸道：「紅線娘子趁眼下在主君身邊搶占個位子，等主君將來即便娶了新的正妻入門，也不會撼動妳在主君心中的——」

紅線倏然把「酒醉昏沉」的薛嵩往管家身上一推，冷冷地拱手作禮道：「奴沒有那般大的志向，隨侍主君身邊多年，也只爲求報答，管家瞧著精神挺好，便勞駕你把主君送回寢房吧！」

「嘿，我說妳這小娘子脾性那麼大……」管家手忙腳亂地忙扶穩薛嵩，可也只能眼睜睜看著紅線大步離去。

薛嵩面上火辣辣，只能繼續裝醉裝暈地被管家扶了回去。

當夜，他躺在床上輾轉反側，想著紅線，心裡又是歡喜又是酸澀又是惱怒。

管家都代他問出心底話了，沒想到紅線卻半點不露口風，也不願戳破他倆之間這層朦朧曖昧……

爲什麼？

她明明心裡也是有他的，且經常偷偷地瞄他，被他察覺的剎那便耳尖發紅，流動在他們周遭的隱晦纏綿情意，濃郁得明眼人都看得出來。

可今夜管家一談及貴妾的名分，她怎麼反似羞惱了？難道，她當眞膽大到妄圖做他的正室，做這高高在上的潞州節度使夫人？

薛嵩煩躁地起身，負手在院子裡來回踱步。

月明星稀，夏夜風靜……

他覺得心頭那把火灼燒得人越發燥鬱難當，索性隨意披了件披肩就往院外走去。

不行！他非得問清楚不可！

✦

五更末，破曉，天色逐漸大白……

陡然一聲淒厲驚恐尖叫劃破長空——

「來人啊！來人啊！靈娘子……靈娘子出事了！」

潞州節度使府上下百人瞬間俱備驚動了，無論是才從夢中驚醒的，還是正輪值站哨的，或是早起灑掃庭除，或是在灶房裡燒水揉麵的……都紛紛跑了出來，忐忑惶惶地朝著聲音來處望去。

「怎麼了？」

「出什麼事了？」

「說是靈娘子出事了……我、我沒聽錯吧？」

「老天有眼……」

「噓！妳不要命啦？」

就在奴僕婢女婆娘們議論紛紛的當兒，一支支煞氣騰騰的府內精銳衛士已經轟然快步衝往東院方向去。

聞訊而來的薛嵩慘白著臉，恰恰在月洞門處與女婿田景懷撞了個對懷——

薛嵩眼球血絲赤紅，死死地抓住田景懷。「你怎麼在這裡？我家靈娘呢？」

田景懷臉色也不好看，他喘了口氣。「小婿昨夜酒醉吐了幾回，靈娘惱我一身酒臭味，便將我趕出了院子，我只好和衣在外廊下瞇了會兒……才初初入睡，便聽見了叫聲——岳父大人還在這裡與小婿糾纏作甚？如今還是快些進去看靈娘景況才是應當！」

慌亂失神的薛嵩總算反應過來，跌跌撞撞地推開了女婿，衝進東院內，哆嗦焦灼地高喊著——

「靈娘！阿耶來了，萬事有阿耶在呢，別怕，別怕……」

只是才一踏進東院，就看見高大的梧桐樹葉影掩映間，露出了一抹熟悉嬌俏的身影，足尖懸空，一只金絲銀繡牡丹鞋落在地面上，沾染著塵土和露水。

儘管是半吊在空中，身形和臉龐被茂密枝葉遮隱住了大半，薛嵩還是一眼就認出了那張臉……就是他自小捧在手心裡呵疼長大的寶貝女兒，薛凌靈！

腦子嗡地一聲，他眼前陣陣發黑，身形顫抖搖晃著……

「主君！」衛士忙扶住了他。

薛嵩呼吸急促虛浮地勉強穩住了心神，喑啞地喃喃：「快、快把我的靈娘救下來……她、她這又是在跟我這個阿耶鬧著玩呢，快點！快把人救下來！」

喊到最後，薛嵩聲音哽咽嘶啞破碎，淚如雨下……

「喏！喏！」

田景懷呆呆地仰望著被吊死在樹間的妻子，看著衛士們俐落地爬上了樹，小心翼翼地割斷了繩圈，仔細穩妥地將薛凌靈送下來。

她的屍身還是柔軟的，衣衫和鞋襪都被露水沾溼，面色慘白唇發黑，臉上凝結的是始終未淡去的驚恐……

「靈娘……」田景懷淚水奪眶而出，跪了下來，想觸摸妻子的臉，卻又瑟縮自責地收回。「都怪我，都怪我……若是我堅持留在寢房陪著妳，妳就不會遇害了……」

薛嵩看著薛凌靈白中透黑的臉龐，痛苦得猶如萬箭穿心，卻始終不願承認女兒真的死了，哀哀叫喚——

「靈娘，靈娘妳再睜眼看一看阿耶啊！別嚇阿耶，阿耶什麼都答允妳，妳別再跟阿耶玩笑了……」

田景懷努力收束心神，淚眼模糊地望向岳父。「這梧桐樹幾有兩丈高，尋常人還得高梯才能勉強爬上去，這裡沒有梯子，靈娘是怎麼爬上去自縊的？況且靈娘的性子你我都知，她從來就不是那種會委屈自己、傷害自己的人，一定是有人害死了靈娘！」

薛嵩愣愣地抬頭看著他，眼神渙散。「你、你說什麼？」

「而且這個凶手身手肯定不一般，岳父大人，現在最重要的是趕緊找出凶手，別讓靈娘死得不明不白啊！」

薛嵩眼眶紅得幾乎滴出血來，他喃喃自語：「對、對……我的靈娘不會想不開自縊的，到底是誰？究竟是誰那般狠心吊死了我的女兒？」

就在此時，眼尖的田景懷忽然注意到了靈娘手掌屈握成拳，像是攢握著什麼物拾，指縫間隱隱透著絲紅色。

「岳父大人，您看！」他大手輕顫地捧起了靈娘的拳頭，掰開了她的手指，陡然一震。

薛嵩看著一縷朱紅劍穗被田景懷取出，攤放在掌心上，不禁瞳眸緊縮又暴突了，呼吸一滯——

「這劍穗……」

田景懷敏銳地察覺到岳父語氣中的驚愕。「岳父認得這劍穗？」

薛嵩面色蒼白恍惚地搖著頭。「不、不可能，不會的。」

「這劍穗的主人是誰？」田景懷盯著薛嵩，逼問道：「岳父大人爲何口口聲聲說不可能？難道、難道您知道是誰殺害了靈娘？」

管家噙淚，也忍不住催促道：「主君，靈娘子死得太慘了，您一定要爲她報仇啊！」

薛嵩內心強烈掙扎著，身子隱隱發顫……半晌後，才終於痛心地閉上眼，下令道——

「來人！速速去拿住紅線！」

「紅線？」眾人一驚。

管家更是不敢置信地睜大了眼。「是……紅線？」

田景懷眼底幽光閃過，驚異而隱晦。

✦

拾娘和裴行眞循水路北上回長安，卻在虞州地界收到了赤鳶娘子的飛隼傳書。

拾娘展開一看，臉色微微變了。

「怎麼了？」裴行眞問。

「大人，我須得暫緩回京，先趕往潞州一趟！」拾娘深吸了口氣。「虞州到潞州不遠，若快馬日夜兼程，三日可至，至於大人便按照原定計畫回長安，此番有山南道安州刺史親自派兵護送您，我也能放心了。」

「不，妳放心，我不放心。」他驀然抓緊了她的手，堅定道：「我要隨妳一同去。」

「大人，潞州之行牽扯甚廣，況且——」她頓了一頓，有些含糊道：「那是赤鳶阿姊的師妹，也算是我卓家軍的家事，還是隱密爲要。」

雖然她這般說，可裴行眞哪裡會聽不出她只是唯恐將自己牽涉入內？

「事情很棘手嗎？」他蹙眉。

拾娘遲疑了一下。「有點，不過應當不難辦，六郎只管安心回長安治眼傷，我去去就回——」

「我的眼傷也就這樣了，壞是壞不到哪裡去的。」他堅決地道：「況且安州刺史也讓神醫給我開了藥膏子，日日都上著，可保一時無虞，拾娘便讓我與妳同去吧，我好歹也是卓家未來的女婿，是岳父的半子，卓家的家事我自然也可插手關懷一二。」

「六郎……」

「除非，拾娘嫌棄我是個只會給妳扯後腿的瞎子。」他語氣黯然。

她又好笑又好氣，可更多的是心疼。「六郎又何必拿這樣的話激我？」

「激將法和苦肉計偶而用上一用也無妨。」他嘴角微揚，隨即有一絲撒嬌地道：「好拾娘，便讓我跟著妳吧？」

拾娘嘆了口氣，只得依了他。

✦

三個日夜星月疾馳之下，他們在晌午時分入潞州城，才取刑部侍郎的魚符敲開了節度使府的大門，見到的就是裡頭一片緊繃肅殺……

被重兵衛士包圍住的赤鳶，正立於階梯之上，手持弓箭對準了強自鎮定的薛嵩，冷漠地道——

「不等我阿妹來，誰都別想動紅線一根寒毛！」

短短數日下來，薛嵩眼框深凹，面頰消瘦，鬍鬚拉雜且頹唐悲傷，可此時在對上宛如殺神般凜冽駭人的赤鳶時，還是不減幾分身爲節度使的氣勢。

「赤鳶娘子，我敬妳身後的卓家軍，不代表我就怕了妳！」他額上多出了好幾道皺紋，深眸隱隱透著血色與憤怒。「紅線吊死我女兒靈娘，人證物證俱全，妳憑空出現就要把人帶走，妳眼裡可還有王法？這般視我潞州如無人轄管之地，簡直欺我薛家太甚！」

「紅線說沒殺妳女兒，我便信她。」赤鳶本就是一根筋，又是鐵骨錚錚，認定了的就是撞破城牆也不會拐彎或回頭。「而且我說了，我已傳書給卓參軍和刑部侍郎裴大人來幫你找出殺女凶手，你是哪個字聽不懂？」

站在薛嵩身邊的田景懷，同樣一身白袍喪服，聞言不禁大大一震——

「刑部侍郎裴行眞大人？」

「是！」赤鳶昂首，隨即不耐煩地道：「靈娘子停靈在府中，怕天熱屍身壞了不好下葬，你們早安排了冰磚維持屍身不腐，正好方便了我家阿妹幫靈娘子驗屍，找出眞凶……你們與其和我在此吵吵鬧鬧，不如快些命人去城門接裴大人他們。」

薛嵩連日來深受喪女之痛，整個人瘦骨嶙峋，聽見赤鳶這般呼喝，氣得險些暈厥過去。

「便是裴大人來了又如何？殺人者死，紅線以奴殺主，更是……罪加一等。」

薛嵩說到最後那句，格外艱難痛楚。

「就憑靈娘子手裡攥的一縷朱紅劍穗，是紅線那柄龍紋匕首上的，還有因爲紅線身手好，能輕易把靈娘子擊暈，飛身抱上梧桐樹，你們就認定她便是吊死靈娘子的凶手，簡直放屁！」赤鳶不屑地道：「我就不信你們潞州和他們魏城尋不到一個高手能辦成此事？」

「赤鳶娘子！」田景懷高聲怒斥：「靈娘是我愛妻，即便我不看在夫妻情分上處處維護照拂她，但田薛兩家結親結盟何等不易，我們兩家誰都不會任意撕毀盟約，壞了兩家情誼……像這般胡亂詆毀的話，赤鳶娘子張口就來，難道這就是你們卓家的家風麼？」

赤鳶眼神危險，下一瞬倏然聽見熟稔的清冷嗓音傲然響起——

「我們卓家家風如何，還輪不到區區田家小兒評判！田承嗣在我阿耶跟前尚要自稱一聲愚弟，禮遇敬重我阿耶三分，你又算是個什麼東西？」

「阿妹?!」赤鳶回頭，大喜。

「阿姊，我與大人來了。」拾娘一手握著裴行真的大手，低聲叮嚀他腳下，英氣勃勃神情凜冽而至。

眾人面露震撼之色，手持兵器的衛士們遲疑怯弱了一下，也不知該不該將刀尖朝向他們二人。

薛嵩心頭一跳，連忙拱手上前。「見過裴大人和……卓娘子。」

田景懷神色驚疑不定，卻也趕緊隨著岳父見禮。

赤鳶緩緩放下了手中的弓箭，微瞇了瞇眼。「裴大人眼睛怎麼了？」

「受了點眼傷，不妨事的。」裴行眞搶在拾娘開口前解釋，爽朗一笑。「赤鳶阿姊不用擔心。」

「我是爲阿妹擔心。」赤鳶咕噥。

「咳。」裴行眞笑容卡住了一下，隨即佯裝苦笑。「赤鳶阿姊還是這麼實誠坦蕩的性子，從來說的話雖不甚好聽，卻不曾有過一字半句虛言假話。」

裴行眞舉手投足談吐間，自然流露清貴雅致氣勢，可那話裡的弦外之音，卻隱隱刺得田景懷和薛嵩面色尷尬，翁婿倆都不自在起來。

「裴大人，」薛嵩勉強擠出笑容。「薛某素聞大人非但破案如神，更是公正嚴明，今日小女不幸遭此禍事，想來大人也不會因私交而包庇凶手」

「我受聖人之命，忝任刑部侍郎，又領聞風奏事之權，」裴行眞語氣溫和中帶著無可撼動的強硬。「況且複查案件，本就是刑部職責所在……薛家靈娘子的命案，地方縣衙不能查，難道刑部也查不得嗎？」

此話一出，薛嵩面色大變，忙道：「裴大人言重了，大人能爲小女出頭，我甚是感激，又豈敢質疑刑部職權？」

他微微一笑。「既如此，那便請薛公親領我等前去命案現場，並把當日案發相關人等，包含頭一個發現令嬡屍體的，以及最後一個看見令嬡活著的人……當然還有你們認定的凶手『紅線』，一併帶到。」

「是。」薛嵩神情恍惚了一下，隨即深吸了口氣。

一想到紅線，他心頭又是一陣深深刺痛……

一到命案現場的高大梧桐樹下，拾娘首先注意到的是被踩得凌亂一片的草地。

「有勞薛公和田大郎君說一說，當晚的狀況。」

田景懷猶豫地看了岳父一眼，薛嵩蒼白的臉色愴然，低低描述起當晚自己踏入東院的第一眼起，發生的種種。

田景懷則在岳父說完後又補充了幾句，但大致上都是相同的，因爲他們翁婿倆本就是前後腳入內，聞訊而來的衛士和管家等人也只慢上幾步罷了。

裴行眞沉吟。

拾娘環顧四周，忽然問。「第一個發現靈娘子屍體高掛樹上的是誰？」

瘦弱憔悴的婢女夙月瑟縮了一下，跪了下來。「回大人的話——」

「不需跪，起身說話便好。」

夙月一愣，怯怯地起身。「多謝大人。」

「妳當時是怎麼發現靈娘子的？那時約莫是什麼時辰？妳不在屋裡，在院子做甚？」拾娘語氣平和地問：「妳發現靈娘子時，除了那一聲尖叫外，妳還做了什麼？可有注意到周遭有什麼異常？」

看著眼前高眺冷豔肅然，周身英姿颯爽的女武官，夙月呆了呆，眼底有抹模糊的豔羨和崇拜一閃而過。

——原來，女子也能作官？也能這般英武威風？

她開口，連主君和大郎君與所有的男人都得乖乖聽她說話。

「回大人的話，」夙月竭力回過神來，吶吶道：「靈娘子命奴在外頭守院子司夜，後來前頭設宴，靈娘子何時回的內院，奴不知，後半夜奴確實熬不住了，縮在廊下迷迷糊糊就睡著了，奴是在五更天醒來——」

「妳怎麼知道當時五更天？」裴行眞問。

「回、回大人的話，」夙月忙解釋道：「府中最高的主樓大燈籠都是在五更天熄滅的，所以奴見主燈滅了，便知約莫是這個時辰。」

拾娘望向薛嵩。

薛嵩點了點頭，沙啞道：「府中主燈過去都是燃到天光大亮才滅的，但耗費燈燭太過，節度使府雖領朝廷俸祿，也是民脂民膏，所以我兩年前便改了規矩，每年也能減省些用度。」

「原來如此，薛公有心了。」裴行眞微微一笑。

「大人過獎。」薛嵩連忙拱手推辭。

「後來呢？」

夙月縮了縮，小臉因回想那一幕而蒼白驚悸。「後來……後來奴害怕被人瞧見了奴司夜還打瞌睡，便急急走出廊下，想四下打量有沒有人經過，偶然抬頭，便見梧桐樹間影影綽綽，像是有什麼東西……奴好奇走過去，往上一打量，就看見靈娘子高高吊在上面，腳尖一動也不動，奴嚇壞了，便尖叫起來。」

「妳在院子廊下打瞌睡，期間就沒聽過任何動靜？」拾娘瞇起眼。「妳蜷縮的是廊下何處，可否指出？」

夙月驚惶地眼淚盈眶，怯生生地朝廊下轉角處一指。「那、那裡隱蔽，從外頭經過不仔細看的話是瞧不見的，奴隨靈娘子從魏城回潞州，路上不小心傷風了，暈暈呼呼的，忍不住便睡著了，奴、奴知錯……」

拾娘端詳著瘦巴巴的夙月，果然臉上蠟黃臘黃的，猶殘存著幾分病色。

倘若夙月所說屬實，趕路疲憊又傷風生病，還被主子命令要在外頭守院司夜，尋常女郎家的身子骨定然是撐不住的，累極了昏睡不知外事，也是正常。

裴行眞忽問：「靈娘子這個主子素來待下如何？」

夙月深深一顫。

薛嵩面上閃過一抹窘迫不自在，田景懷神情高深莫測，嘴角卻抿了抿。

拾娘看得出薛嵩的尷尬，卻推敲不出田景懷那抿唇的涵義，究竟是緊張、輕蔑、不安還是不喜？

她心下悵然。

如果六郎眼睛不曾受傷，那麼即便從田景懷眼神表情和一舉一動，都能精準捕捉和推斷出田景懷此一瞬內心眞正的想法。

而現在，她只是看見田景懷反應平靜，好似見怪不怪。

「我們家娘子……」夙月戰戰兢兢地偷偷看了主君薛嵩一眼，吞吞吐吐道：「性子嬌了些，但、但是個好人。」

「嗯，性子嬌，是個好人，」裴行真微微揚聲。「薛公，你呢？你怎麼評價自己這個女兒？」

薛嵩眉頭抽搐了一下，儘管想粉飾太平，卻也怕自己一旦用春秋筆法描述女兒的性情作風，屆時兩位大人在府內或是外頭一打聽，反而……

「咳，」薛嵩無奈，只得低低道：「靈娘是我唯一的掌上明珠，自幼便是我和先妻嬌寵著長大的……父母總想著滿足兒女所有的心願，我薛家又有此能力，所以，難免慣壞了她，讓她任性驕縱了些，但她心地是好的。」

「嗤！」一旁的赤鳶忍不住嗤笑出聲。

薛嵩惱羞成怒，憤慨瞪向赤鳶。「赤鳶娘子請自重！」

「我幹什麼了？」赤鳶恢復了面無表情。「聽見笑話不能笑出來嗎？你們潞州有這種規定？」

「妳——」

「怎麼？想打女人又怕人笑你不是個男人？」赤鳶拳頭指節按得啪啪作響。

「沒關係，我打男人，我不怕人說。」

裴行眞肩頭可疑地抖動了，他默默別過頭去，使勁憋笑。

「……赤鳶阿姊，算了。」紅線輕輕地求道。

紅線剛剛被兩名衛士帶了上來，在赤鳶的怒目而視下，衛士們得了薛嵩示意，這才連忙把她手腳上的鐐銬鬆開。

她雖然被拘綁又餓了數日，依然沉靜自若，只是原本澄澈清亮的雙眸，此刻籠罩著一層朦朧如霧的感傷。

「蠢！」赤鳶恨鐵不成鋼地罵了她一聲，終究是嘴硬心軟地大步過去，幫她揉了揉因爲鐐銬太緊，已然瘀青發黑的僵麻手腕。

紅線黯然而羞愧。

赤鳶冷冷道：「有些人，妳即便爲他奉獻得再多，即便妳從未眞正損害過他什麼，只要一有事兒發生，他頭一個犧牲的便是妳……這樣的人不說盡忠效命、奉爲主君了，便是連朋友都當不得，有這樣的朋友，只怕死都不知道怎麼死的？」

赤鳶這番冷嘲熱諷告誡一出，薛嵩漲紅了臉，卻是半句辯駁都說不出。

裴行眞卻是從未聽赤鳶一口氣說過這麼多話，忍不住面露稀罕，但捧場還是一定要的——「赤鳶阿姊說得眞好，句句振聾發聵！」

拾娘險些笑出來。

赤鳶視線瞟向裴行眞，冷漠的眉眼緩和了一絲。「紅線，瞧見沒？阿妹挑男人的眼光比妳好太多了，多學著點。」

「赤鳶阿姊，」紅線清眸低垂，黯淡悵惘。「不怪旁人，是我道心亂了。」

薛嵩一震，心頭酸甜苦澀萬千滋味齊湧而上，痛心脫口而出：「紅線，妳當初讓我在乞丐窩裡撿到妳，不就是出於一場算計嗎？可這些年我從未懷疑過妳，我待妳溫情赤誠，妳卻反過來殺我女兒，妳對得起我嗎？」

紅線眼底閃過無數情緒，最終是難以言喻的釋然……

第十章

「主君，我再同你說過最後一次——我沒有殺靈娘，即便你不信我，可我對你對薛家和潞州，已是問心無愧。」

就算當初她是受命潛伏在潞州薛節度使府中當細作，但她只負責盯著薛氏不做大野心，不做出危害朝廷的行徑，更多時候，她爲他分憂解難、鞠躬盡瘁，此番更是未經過上頭的同意和指示，擅自出馬盜金盒、警田公……

她爲的，是不願見魏城潞州百姓無辜遭受戰火之苦，也是爲解他薛家困頓之危。

可靈娘子一死，手掌心攥握著她的劍穗……這樣小小的「證據」，便輕易粉碎了他們這些年的默契情誼和信任。

無論她再如何向他解釋，但她當晚一更去、五更回，施展出神鬼莫測的身手，反而成了他認定府中上下，唯有她能輕易將靈娘吊死在梧桐樹上的另一個鐵證。

當他帶兵來圍捕她時，她沒有逃，也沒有反抗，只是悄然放出了信鳥向赤鳶師姊求援。

她紅線雖是細作，卻也不受這無端之禍，白白揹了這個罪名！

薛嵩滿眼痛楚地看著她，好似想解釋什麼，卻又堵在了喉頭心口……

「紅線，我也不願凶手是妳。」半晌後，他喑啞而澀然。

裴行眞思緒敏捷，心念一動。「——薛公的意思是，你不願凶手是她，但凶手也只能是她？」

這話一出，眾人震驚嘩然……

薛嵩愀然變色，有一霎的倉皇失措和心虛，隨即憤然大聲駁斥：「裴大人慎言！大人豈可這般顛倒玩弄言詞，陷薛某於不義？」

「你反應這般激烈作甚？」拾娘也察覺到不對，犀利地緊盯著他。「難道裴大人眞的說中你的心思了？」

「荒謬！」薛嵩原本是風姿儒雅的中年文士，此刻卻有些張牙舞爪，臉色鐵青。

裴行眞與拾娘心有靈犀，等她說完，立時接續道：「——是以靈娘子之死，不管原因爲何，但她是薛家女，也是田家婦，人死在了娘家，夫郎田大郎君和父親薛嵩又同在府中……無論如何，薛田兩家都要盡速給對方一個交代，都不能讓她的死讓兩家顏面有失，更不能成爲魏、潞兩州結盟崩解的破口。」

薛嵩和田景懷不約而同呼吸一滯，一個面容晦暗莫測，一個目光幽深。

「……若不能草草遮掩過去，便是要在最快的時機內『抓到凶手』。」裴行眞看不見他們臉色變幻，逕自慢條斯理說完自己的論斷。「世家豪族間的心機，總會在某些重要關鍵時刻異常的默契，這也就是紅線未經縣衙審查，靈娘子屍身未過仵作相驗，本案便要拍板定案的主因——薛公、田大郎君，本官可有說錯？」

眾人眼神自然而然隨著裴行眞的話望向了薛田二人。

他們兩人臉色越發難看。

但很快地，田景懷嘴角泛起了一抹酸澀笑容，語帶鋒利。「裴大人的推測自然是推測，姑且不論有沒有道理，可我妻不幸遭害，我岳父痛失愛女，我們翁婿倆在痛心疾首之下，怎麼就不能先拿住最爲可疑的嫌犯紅線，再慢慢查清她涉案的動機和殺人手法，可誰知——」

薛嵩嘆了口氣。「誰知赤鳶娘子便不知在何時潛入我府，還差點把紅線劫走……」

「不是我劫不走人，是紅線堅持要等到一個清白。」赤鳶哼了聲。「所以我便把大唐最擅長破案的兩位大人請來了。」

薛嵩一滯。

「薛節度使，若你眞想知道究竟誰殺了你女兒，才應該處處配合大人們才對吧？」赤鳶盯著他。

薛嵩苦笑。「我何嘗不配合？只是赤鳶娘子妳咄咄逼人，我少不得要爲自己和女婿辯白一二罷了。」

拾娘在他們說話間，把這偌大院子來回巡檢了個遍，她小心地摸索著兩人勉強才堪可環抱的粗碩樹幹，仰望著梧桐樹枝枒和層層疊疊心狀葉片，若有所思。

她倏地足尖輕點，借力使力騰飛上了兩、三丈高梧桐樹，很快就發現了上頭猶留有被割斷了一半的繩結，就綑綁在其中一支粗壯橫生的枝幹上。

拾娘注視著那個繩結的綑法，還觀察到上頭殘存了少許點點白色皮屑和些微血痕，她面露思索，而後取出腰間匕首，刀光一閃，繩索落在掌心內。

在要下樹的當兒，拾娘更加仔仔細細搜索該枝幹距離一臂長左右的梧桐樹主幹上，果然有一道橫向摩擦過的淺痕……

拾娘腦中閃過了一個大膽的猜想。

不過由於太過荒誕，她還是暫時存放心底，藉由找出更多的證據，方能眞正撥雲見月，水落石出。

◆

拾娘手持繩結，輕巧無聲地落地，而後循著梧桐粗碩樹幹下方周圍，在草地間尋找著什麼，目光先是一亮，只是再起身時眉頭深鎖——

「薛公，當日發現命案時，究竟有多少人踩過案發梧桐樹下的草地？」

薛嵩一愣。「……卓娘子爲何如此問？」

「梧桐樹下和這個院子，案發時和案發後可有命人封鎖住？」她挑眉。

「是有命人守住現場的。」薛嵩一頓。「還有，當晚我和女婿和三、四個衛士都曾在這片草地上行走過，衛士們要攀爬上樹把靈娘屍身送下來，自然是得踐踏草皮。」

「所以你們在爬上樹把靈娘子接下來前，也並未有人檢查過草地上的鞋印痕跡大小，或有無其他異狀？」

薛嵩和田景懷面面相覷一眼，神情都有些不自然。「沒有。」

「薛公身爲節度使，但凡州內治下發生命案，潞州都如何行事法？」裴行眞接口問。

薛嵩身子一顫，剎那間明白了裴行貞和卓拾娘的意思——案件發生，第一要務就是保持現場，並速速通報縣衙派員前來搜查線索。

可他因爲喪女之故，心神散亂大慟，第一步就錯了……

薛嵩淚水湧出，悲痛道：「大人，我當時如遭雷擊，滿腦子只想著要救女兒下來，奢望著也許女兒並沒死，我、我壓根沒考慮到那麼多……確實是我之過。」

裴行貞目不能視，但他仔細傾聽辨認著薛嵩話裡的顫抖和哀痛，在提及得知女兒死亡的瞬間，反應自然，很符合死者親眷在得知噩耗時的第一個反應——

不相信，不承認，不願面對，且希望這消息只是誤傳，甚或期盼結局還有轉圜餘地。

雖然未能因此就初步排除了薛嵩殺女的可能性，但裴行貞心中隱隱也有了些忖度。

「拾娘，妳可看出了其中有何蹊蹺？」他柔聲問。

拾娘英氣眉宇微蹙。「草地這個現場被破壞得太嚴重了，不過屬下還是發現了這個繩結，不是尋常的打法——可我想遍軍中各種繩結，沒見過這樣的繩結。」

眾人目光齊齊落在她攤開的手掌心裡那被割下的繩結，薛嵩和田景懷一時倒沒聯想到什麼，向來只專精殺人的赤鳶更是一頭霧水，唯有紅線和夙月神色閃過了一抹異樣。

「妳們認得出這是什麼繩結？」拾娘敏銳察覺，疾聲問。

夙月一僵，忐忑地望向紅線，囁嚅著不知該不該回答。

紅線不解夙月爲何要這樣看自己，但她本就光明磊落，便坦然解說道：「這是女子打絡子的手法，名喚『攢心華蓋結』，幾年前爲我所創。」

眾人聞言面色均古怪了起來。

「凶手果然是妳！」田景懷眼底盡是悲憤之色。「殺我愛妻，證據確鑿——妳還有什麼話說？」

薛嵩身子搖晃了一下，痛苦地望著紅線。

紅線深深吸了一口氣，忍住心中酸楚，再度恢復冷靜，對拾娘道：「卓娘子，我可否再近前仔細看一看這繩結？」

「好！」

紅線上前一步，兩旁的衛士卻本能地手按刀柄上……滿滿警戒之意！顯然眼下不少人都認定了她就是那個凶殘殺害靈娘子的凶手，所以對她充滿了敵意和防備。

紅線不願叫人誤會她想動手腳，是以並不曾碰觸拾娘掌心裡的「攢心華蓋結」，只是就著拾娘的手看清楚，倏地目光一凜——

「慢著！『攢心華蓋結』是活結，這個打的卻是死結！」

眾人聽得似懂非懂。

「我當年打的『攢心華蓋結』，最後絡子的尾端由裡往外翻，便是套入玉石珠子後，也能上下移動調整鬆脫的活結，但眼前這個，卻是尾端由外往裡，綁成了死結。」她解釋著。

拾娘眼底閃過一抹精光。

裴行眞面露沉思。

「妳這般熟諳這『攢心華蓋結』的打法，還知道如何打是死結？如何打又是活結？」田景懷冷笑。「如此不就更坐實了，妳就是凶手嗎？」

紅線也知道自己指認出這個攢心華蓋結和其細節，定然是會讓自己身上的嫌疑更重。

但她也無法佯裝不知，因爲只要叫出府中任何一個婢女嬤嬤，都會認出這個繩結的花樣，昔日是出自她巧手所編，後來才在府中流傳開來。

她侍奉薛嵩身邊多年，不只掌理書齋之事，便是他的近身衣著鞋襪荷包也是她打理居多，親手爲他打的絡子更數不勝數。

主君會那樣痛苦地凝視著她，必然也是將兩者聯想到一處了。

……靈娘子死時，手裡攢著她龍紋匕首繫的劍穗……院中梧桐樹高達兩、三丈，而她身手精妙高強，輕易能上……吊死靈娘子最上首的繩結，打的是攢心華蓋結，此結又爲她所創……

冥冥之中好似有個看不見的陰謀針對她而來，一圈又一圈如繩索般牢牢地將她捆縛得更緊、更緊，不死不休。

紅線苦笑。

赤鳶擔憂地看著她，又眼含求助地轉望向拾娘。「阿妹！」

「紅線娘子，怎麼會是妳……明明……呃。」夙月呆了呆，目光焦灼又惶急地脫口而出，倏地又像是想起什麼，緊緊閉上了嘴。

裴行眞雖眼睛看不見，卻機敏地覺察到了這名婢女夙月語氣裡的震驚慌亂和及時豎起的警覺。

——她在警覺什麼？

——還有她話裡嘎然而止的「明明」二字後頭，又連接著什麼？

拾娘卻不慌不忙開口，沉穩有力，宛若赤鳶等人的定海神針。「先不忙裁斷，我心中已有了一絲計較，但還是需等我先驗完死者的屍體後，才能確定。」

「即便沒有目擊者可以證明是紅線殺人，但種種間接的證據，都指向了紅線，」

田景懷忿忿。「如果兩位大人不能有鐵證可爲紅線脫罪，或是找出你們所謂的『眞正凶手』，可證明殺我妻者非紅線，那麼何以服眾？又如何告慰我妻在天之靈？我與岳父魏、潞兩城更不會就此罷休！」

薛嵩顫抖了一下，女婿的宣告何等慷慨壯烈，他聽了自然是甚感欣慰，女兒這段姻緣雖然沒能有個白首偕老的好結果，總歸也是得了夫君一片眞心……

他又何嘗不想爲他可憐的女兒靈娘報仇？可如果要爲此槓上聖人寵臣裴行眞，及其他身後龐大的裴家……更遑論還有卓盛卓家軍……

薛嵩額心後背冷汗涔涔。

「要鐵證，你們翁婿就與我一同前去驗屍。」拾娘冷冷地道：「我給你們看鐵證！」

「好。」

薛嵩遲疑，田景懷低垂的眸光裡先是一絲厭惡驚懼，而後昂然點了點頭。

這幾日岳父喪女哀慟，神思恍惚，田景懷除了乘機在府中暗中試探外，還從他口中和神態中，尋摸出了些微蛛絲馬跡來。

岳父爲何一下就信了，紅線能輕而易舉將靈娘帶上兩、三丈的梧桐樹吊懸致死？

還有岳父在猶豫掙扎著該不該以私刑判殺紅線時，偶然說漏嘴，說紅線於潞州有大功……

他也從管家那頭側面打聽到，岳父有納紅線爲貴妾之意，但明明與之有情的紅線竟斷然拒絕，且案發當晚，岳父曾在紅線屋外失神落魄站了半盞茶辰光，最後還是不敢敲門，一臉落寞地走了。

種種跡象，都指出了岳父身邊的青衣婢紅線並非泛泛之輩，極有可能就是那晚近阿耶身盜走金盒，以示警告的絕世高手。

倘若紅線就是這名高手，田家不便出面籠絡，那何不趁此良機叫薛嵩與她主僕相殺？

若卓拾娘驗了靈娘的屍首後，坐實紅線就是凶手，那麼紅線死，魏城從此高枕無憂；若驗屍過後，發現凶手確實另有其人，此事也早已在薛嵩和紅線之間種下不可勾釋的心結，主僕情誼破滅殆盡，覆水難收。

無論從哪個角度盤算，田家都沒有損失。

◆

薛凌靈的屍體身邊雖然堆攏著冰磚，可於夏日一時減緩屍身腐壞，但畢竟也已經停靈了好幾日，青白斑駁和暗色的屍斑已經漸漸浮現，屍臭味也漸漸瀰漫了開來。

薛嵩遠遠看著女兒屍體，再也忍不住淚流滿面，本就瘦骨嶙峋的身子連站都快站不穩了。

田景懷一臉傷懷悲色，默默佇立在旁。

拾娘縛上面巾，含著除穢丸，戴上鹿皮手套，打開了驗屍器械羊皮捲，面色嚴肅地合掌唸誦了幾句經文，而後便開始爲薛凌靈驗屍。

「……死者薛凌靈，身長五尺二寸，兩眼闔，唇發黑，口閉牙關緊，舌抵齒不出，繩索勒痕在喉上，呈黑瘀色，繩痕顏色深重，兩手指腹和掌心外側邊緣均有擦傷，腿上有血印，如火灸斑痕——」她頓了一頓。「——符合自縊跡象。」

她話聲甫落，薛嵩霍然震驚慟喊一聲——

「自縊？不可能！我兒靈娘怎會自縊？」

田景懷也呆住了，失聲問。「自縊？」

「不信的話你們可以近前來看。」她淡淡地道，並一一指出薛凌靈身上沒有除卻自縊時手部掙扎與頸項繩痕外的傷口。「或者，我也可以爲她進行剖驗，端看她肺臟腫脹破裂瘢痕等，便可更加佐證她是生前——」

「夠了！」薛嵩悲喝：「我不信……靈娘最是怕疼了，也最愛惜性命，況且她深受夫家娘家寵愛照拂，又夫妻恩愛，怎會自盡？」

田景懷也氣笑了。「卓參軍眞是聞名不如見面，驗屍功夫不過虛有其名罷了！妳說我妻靈娘是自縊的，那她是怎麼爬上那麼二、三丈高的梧桐樹自縊？」

「自然有人幫她。」拾娘平靜地道，在燃燒的火盆上澆了醋後，摘下面巾往外走。「走吧，外頭說，我自有證據。」

三人又回到了案發的梧桐樹院中，拾娘跟裴行眞說了方才驗屍種種，最後說出同樣的推論——

「屬下研判，薛娘子是假做自縊，卻不想眞的自縊而亡。」

眾人大驚。

薛嵩氣得手都發抖了，指著拾娘。「卓娘子還在胡言！妳爲了袒護紅線，居然想出這般荒謬的——」

「讓卓參軍把話說完！」裴行眞冷冷地打斷他的話。「薛公，你到底想不想弄清楚令嬡是怎麼死的？」

「我……我自然……」薛嵩嘴唇發顫，胸膛劇烈起伏，可見得憋怒得厲害。

裴行眞循著拾娘發聲的方向，溫言道：「拾娘，妳說，我們都聽著。」

「首先，梧桐樹主幹上，在接近靈娘子吊掛的枝幹一臂長距離處，留有橫向摩擦的痕跡，有使用過長梯架物攀爬而上的，便會熟悉那個摩擦痕。」她沉聲道，朝梧桐樹下草地一指。「而且草地裡有一個尾指左右長的凹陷小洞，看著像竹梯管節留下的，只可惜另一邊的小洞被人走動時無意間踩平了。」

薛嵩不信，跌跌撞撞地過去，半跪了下來，小心地摸索著……在看到那個還小小印有梯腳管痕的凹陷小洞時，僵住了。

「那只能證明有人搬來長梯，把靈娘扛上去，在枝幹上綁了繩結，將她頭臉套入其中，待她身子下墜繩結束緊而死時，又把梯子搬走，裝作無事。」田景懷對她的推斷嗤之以鼻。

拾娘淡然道：「田大郎君說的也有道理。」

赤鳶忍不住哈了一聲。「田大郎君說得這般繪聲繪影，有模有樣的，倒像是你親眼所見……還是靈娘子就是你扛上去吊死的？」

田景懷怎麼也沒想到不過是想要推翻卓拾娘的研判，竟把自己給套進去了？他臉色一陣青一陣白，結巴道：「自、自然不是我！」

「田大郎君，當時也沒人能證明你案發時，人不在這院子裡吧？」赤鳶挑眉。

田景懷越發氣結，卻也不敢再插嘴。

「我會判定長梯只有靈娘子自己爬上去，也是因爲這個小洞口。」拾娘解釋道。

裴行眞瞬間就明白了她的意思，接續道：「如果梯子上承載著兩個人的重量，梯腳會再往草地泥土下陷入更深，而且因藉力的緣故，留在上頭樹幹摩擦的劃痕會更重。」

「對。」拾娘嘴角微微一揚，而後對薛嵩道：「薛節度使可命人在府中尋長梯，那使用過的長梯腳如果沒有人特意去擦過的話，應當還留有泥土和草漬，去尋來一試便知。」

薛嵩勉強支撐起身子，整個人瞬間像是老了好幾歲，喑啞地吩咐下去。

「拾娘！」裴行眞忽然輕聲喚道。

拾娘二話不說立刻來到他跟前。「大人有何吩咐？」

裴行眞伸出手去，她默契地握住了他的手，而後感覺到他指尖在自己掌心上寫了幾句。

拾娘心一動，點點頭道：「好，我明白了。」

赤鳶好奇不已，本想探頭過去看，但還是忍住了——阿妹和妹婿說不定是在寫些甜津津的情趣小話，唔，非禮勿視、非禮勿視。

紅線青衣清落寂寥地佇立在一旁，眸光中隱隱有些豔羨。

像裴大人和卓娘子這樣的，才叫眞正的心意相通、相知相惜吧！

——兩心相知，自然值得，不值得的，自然不是眞正的知心人了。

紅線目光收回，驀地無聲地笑了。

在這一瞬間，她只覺胸臆深處最後一絲的不甘與悵然也煙消雲散。

很快的，便有人從東院後頭的柴房裡，尋到了那架竹梯……梯腳上果然還沾著乾涸了的泥土和變色的草漬。

在長長竹梯搬出的剎那，拾娘注意到了瑟縮在旁邊彷彿像隱身人兒的夙月，霍地臉色刷白，即便努力想抑制，還是止不住身子劇烈顫抖。

「夙月，妳見著了梯子怕什麼？」她開口問。

「大、大人？」夙月猛然抬頭，勉強想擠出一抹迷惑的笑來，卻是汗出如漿。

「奴不知……奴不知大人說的是什麼，奴……」

「妳心虛了，」拾娘靜靜地道：「是妳幫妳家主子搬長梯的吧？也是妳在妳家主子『自縊』後，悄悄搬走梯子，然後才對外叫喊的吧？」

「奴……奴……」夙月抖得更加厲害了。

這下連薛嵩和田景懷都看出不對，薛嵩勃然大怒，踉蹌奔上前，伸手就想掌摑——

「妳這賤人竟敢害我兒？」

可薛嵩的手還沒能碰到夙月，已經被一股大力緊緊地箍住了，他氣憤抬眼，陡然一呆。

抓住他手臂的，是紅線。

紅線往常溫馴眷戀的眸光，在此際對上他時一片清明疏離。「薛公，動不動就掌摑奴婢，還眞是薛家一脈相傳……不過兩位大人在此，還輪不到薛公動用私刑。」

「紅線妳……」薛嵩心下一酸，不敢置信地喃喃：「妳怎會這般違逆我？妳向來是最知我心意的——」

「薛公把『心意』二字玷汙了，紅線現在聽來覺得有些刺耳。」她淡漠道。

薛嵩呼吸急促，胸膛激動起伏。「紅線……」

夙月突然笑了起來，憔悴蒼白的小臉上漸漸漾起了一抹殘忍暢然和快意。「主君，你那蠢女兒之死，原來也未能叫你幡然醒悟……叫你知道，我們雖然是奴婢是賤籍，可我們也是人，而你們即便出身再高貴，還不是會有蠢不可及、任人耍弄的時候？」

薛嵩臉色脹紅了起來，死命想掙脫開紅線的桎梏。「妳這賤人，妳反了天了？

我薛家待妳不薄，妳竟敢背主？」

「因爲我即便死，也想死得有尊嚴一些。」夙月昂然抬首，從方才的瑟縮膽怯，忽然像是變了個人，大聲道：「我不想跟我那些小姊妹一樣，悄無聲息地死在靈娘子的虐殺裡，今日就算拿我一條命跟她同歸於盡，我也値了！」

「夙月！」紅線眼神一痛，不忍地輕喊：「妳——」

夙月緩緩站了起來，身姿挺得比任何時候都直，她歉然地看了紅線一眼，眼眶含淚地低低道——

「紅線娘子，對不住，我原來沒想把妳牽扯進來的，可沒想到還是連累了妳……而且我不是人，我這幾日竟然僥倖以爲，只要我什麼都不說，以主君看重妳的程度，妳最後一定不會有事，可我差點就害死了妳。」

紅線心口酸楚淚意瀰漫喉間，幾乎哽住了呼息。「……妳別犯傻。」

夙月搖了搖頭，她深吸了一口氣，瘦削的身子勇敢地迎向裴行眞和卓拾娘的方向，恭恭敬敬地跪了下來，磕了一個頭——

「兩位大人，我認罪！那天晚上是我在靈娘子耳邊說了很多唆使挑撥的話，我騙她說主君有意要娶紅線娘子爲繼妻，靈娘子性情向來暴虐驕縱，又早就恨透了紅線娘子……」

「妳這賤人！」薛嵩惱羞成怒又氣急敗壞，可惜紅線嫌他吵，一下子便點了他的穴，叫他只能口不能言地僵在原地。

拾娘看著眼前消瘦的小女郎，心下嘆息。「妳繼續說。」

「靈娘子又氣又跳又罵，連連甩了奴幾個巴掌猶不足以出氣，她自言自語說難怪紅線娘子敢出手打暈她，原來就是自以爲攀上高枝，要當她的繼母了，便這般囂張跋扈……」

夙月下意識地撫摸著面頰，那晚臉皮高高紅腫得幾乎滴出血來，劇痛彷彿還在，喘了口氣續道：「奴就唆使她用苦肉計，假意要自縊，定能嚇住最疼愛她的主君，讓主君斷了娶紅線娘子的念頭。」

「她沒有絲毫懷疑，當真就這樣聽了妳的唆使？」拾娘皺眉。「妳不是說，她稍早前還甩了妳好幾個巴掌？」

夙月苦笑。「大人不知道我們薛家這位靈娘子，她喜怒無常，常常上一刻把人往死裡打，下一刻又叫人近身上前幫她綰髮別簪，她本就看死了我們這些奴婢不過是她腳底下的螻蟻，她想踩就踩，想抬就抬……」

田景懷在一旁緩緩握緊了拳頭。

他也想起了田家那些因薛凌靈入門後，便無辜喪命的好幾條亡魂。

裡頭包括服侍他好些年，情分不淺的婢女小妾，甚至還有他的孩子。

田景懷眼睛血紅起來，倏然啞聲道：「我明白妳。」

眾人一驚，薛嵩聽見連女婿都這般說，狂怒得激動嗚嗚連聲。

夙月便略撿了幾樁靈娘子昔日的「豐功偉業」說了，聽得拾娘和赤鳶震驚又憤慨不已，裴行眞則是面色凝重。

「此女該殺。」

薛嵩老淚縱橫，又拚命嗚嗚想爲女兒澄清辯駁。

——她年紀還輕，她不懂事，即便如此，她也罪不致死啊！

「薛公，莫以爲人死如燈滅，萬事俱休。」裴行眞冷然道：「你教女無方，致使其殘害無數人命，我刑部自會上奏朝廷，請聖人聖裁！」

薛嵩眼前一黑，險些暈了去。

夙月擦了擦眼淚，續道：「我騙她說，等她爬上了梧桐樹套上圈兒，假意上吊，我便高喊著叫人來救……她還想陷害紅線娘子，便自己把繩結打成了『攢心華蓋結』，偏偏她學藝不精，自己把活繩套打成了死結，我原是想好好地戲耍她一番，讓她從上頭摔下來跌斷腿也好，但怎麼也沒想到……」

「她弄假成眞，自縊而死，妳見狀害怕，但還是悄悄地把長梯搬回柴房，然後再對外叫嚷？」拾娘接口。

「是。」

「她手中有龍紋匕首的劍穗又怎麼解釋？」裴行眞微微挑眉。

夙月望向薛嵩，諷刺地一笑。「自然是從主君手上得來的，我初始也不知那是什麼，但靈娘子神神祕祕地攢在手上，說這是她早前跟主君討來的，因爲她見主君常常捻著那幾根破鬚子傻笑，又珍而重之地放回紅線娘子爲他做的荷袋裡，想來是紅線娘子的私物……」

紅線倏然手如閃電解開了薛嵩的穴道，咬牙道：「你何時在我龍紋匕首上摘去幾縷劍穗的？」

薛嵩臉一陣紅一陣白，羞愧得幾乎抬不起頭，吶吶地道：「……我思卿若渴，又不敢當面討要妳的貼身之物做念想，便某次趁妳在書齋理書時，悄悄去了妳院子裡……後來靈娘回來那天，不小心被她瞧見就硬要走了，可我怎麼都沒想到她居然……居然……」

紅線目光淡了下來。「罷了，也算是天理昭彰，報應不爽。」

薛嵩眼神絕望痛苦地看著她，想開口再說些什麼，卻發現自己已然啞口無言。

——至此，薛凌靈命案水落石出。

終曲

雖說薛凌靈是弄假成眞自縊身亡，但因夙月以奴唆使主上，致使造成主人身亡，也屬爲錯殺，當受唐律懲罪。

不過裴行眞考量到薛凌靈爲主不仁，殘暴成性，先有因後有果，所以便輕判了夙月，罰她枷一日，徒一年。

至於薛嵩這個節度使的位子，恐怕也坐不了多久了……

裴行眞在拾娘和赤鳶護送回長安的路上，紅線也悄悄同行。

在月色下，江船上，高高的船桅間，赤鳶和紅線並坐著，一人手持一只羊皮囊袋，裡頭是烈酒。

「妳這次回去，便該罰得不輕了。」赤鳶灌了大口酒，睨了她一眼。

紅線眺望著月光如練，鋪滿了江面，低低道：「我知道。」

「後悔嗎？」

「爲那個人，後悔。」紅線也痛飲一口烈酒。「但爲了魏、潞兩州的百姓不受戰火綿延之苦，我不悔。」

「不悔就好，人生苦短，要幹的活兒太多了，不必言悔。」

「是，不必言悔！」

番外：桃花蔭裡思無邪

思無邪，思無邪，心中所願，真摯坦蕩，無不可對人言……

裴行真永遠記得第一次見到卓拾娘時，自己的視線幾乎無法從她身上移轉開來。

只見她冷豔臉龐面無表情，一心只關注水缸中的屍體死因爲何，偶而抬眸看向他的目光，平靜犀利，好似他與這世上任何一個男子、路邊的岩石或者草木無甚不同。

這於他而言，著實是極爲新鮮稀罕的滋味。

他想，爲何天下間能有一個女郎身上同時揉合著鋒芒畢露的美麗和沉穩內斂的英氣？

且她所有細膩的思緒全都用在查案上，對於非案情相關的外界與情感，竟是魯鈍到令人咋舌的地步。

尤其，當他對著她笑得溫柔款款，春水蕩漾的時候，她幾乎是一臉疑惑地回望著他，滿眼都寫著——

……裴大人你眼睛和嘴角抽筋了麼？沒事吧？需看大夫嗎？

他就有火速轉身找面銅鏡好好自照一下的衝動。

……我裴六今日不俊美不風雅不迷人了嗎？

翁翁總笑嘆他狡若狐狸，彎彎笑眼盛滿人畜無害的溫雅可親，偏偏一肚子都是機謀盤算，一不小心就能跌入他挖的坑裡。

阿娘則最喜戲謔他幼時生得粉妝玉琢，小小年紀就只穿寶相花暗紋的袍子，繫玉帶，簪玉冠，專門進宮去拐騙娘娘們的好點心吃，待長大後更越來越像是滇南進貢的雄孔雀，時不時就自顧自開屏驚豔八方。

尊長們最愛說，也不知以後哪家女郎能治得了他裴六郎。

裴行眞雖面上但笑不語，可心底卻自有傲氣，不以爲然……

他好好兒的，怎地就非得尋個會來治他的？

可直到對上了卓拾娘後，裴行眞隱隱約約覺著——

若被這樣的女郎吃得死死的，好似也不是不行。

後來，他們聯手破了數樁棘手的懸案，在人心的愛恨與陰謀裡努力拆解線索，撥雲見日現光明……

他對她一天比一天更加敬佩激賞戀慕，越發深深沉溺無法自拔。

……眞好。

慶伯親自端著金盤，上頭是堆砌如雪的小酥山，綴有金黃燦燦的杏脯，嫣紅粉嫩的蜜漬桃花，端是霧氣繚繞，清涼襲人。

「暑氣重，六郎吃些酥山涼一涼脾胃。」慶伯笑咪咪道。

他倏然回過神來，有一絲急切地問：「慶伯，拾娘可回來了？」

慶伯一頓。「這……還未呢！」

裴行眞清眉微蹙，嘆了口氣。「拾娘是女郎，肯定也喜食這酸甜沁人、奶香細膩的酥山，慶伯，這座酥山先放回冰鑒吧，我等拾娘回來一起吃。」

「喔，卓娘子出門前便吃完兩小座酥山嘍！」慶伯眨眨眼，想也不想地道：「這是最後一盆酥酪做的，六郎既不吃，老奴可就拿去餵紅棗了。」

「……」裴行眞有些小幽怨。「慶伯，原來我在您心中地位，只比紅棗高一些。」

慶伯咧嘴。「六郎怎麼還跟紅棗吃起醋來了呢？」

「您跟拾娘都疼紅棗勝過我了。」他咕噥。

慶伯努力憋住笑。「行行行，老奴這就把酥山收進冰鑒，先不餵給紅棗吃了。」

——噫，獨守空閨、欲求不滿的小郎君醋勁兒也太大了。

卓娘子不過才獨自出去了兩個時辰，六郎就這般魂不守舍，看來往後得幫六郎取來金帶鉤，讓他把自己鉤在卓娘子腰帶上……到哪兒便都寸步不離啦！

慶伯看著高大俊美清潤溫雅的六郎撐著下巴，鳳眼直盯盯地望著月洞門方向，一副眼巴巴兒望穿秋水的模樣，忍不住以袖掩嘴偷偷笑了。

嘿嘿，看來離著抱小小女郎跟小小郎君的日子不遠囉！

慶伯喜孜孜地想像著那副景況，笑瞇了老眼，連抱著金盤酥山離去都一步笑三聲。

裴行眞再抑不住起身走出了被桃花樹環繞而築的臨池水榭，開始在月洞門前徘徊張望。

「不如……」他摸了摸鼻子，此地無銀三百兩的自言自語。「到前院去等，應當不十分明顯吧？」

今日難得休沐，當他興沖沖地自裴府趕至別院，沒想到正好晚了一步，慶伯說拾娘出門去了，只說去辦個事兒，閉門鼓響、坊門關前一定回來。

他聞言本想立刻調轉馬頭，騎著馬兒四處在長安一百零八坊閒逛，說不定逛著逛著就能「偶遇」拾娘。

屆時就不用怕拾娘誤會他緊迫盯人，給不了她自在云云……

因他縱使巴不得時時刻刻伴她左右，可拾娘素來颯然瀟脫、不拘小節，他又怎可仗勢憑藉著自己的喜歡便拘著她，教她不能恣意縱橫來去呢？

而如果是偶遇，那便是上天恩賜的奇緣妙分，便不算是拘束強求了吧？

裴行眞自知文人就是最善算計和自圓其說，所以在合理地說服自己後，他高高興興地正要一挾馬腹，卻聽得慶伯幽幽地說——

「老奴聽說，好郎君就是要等得忍得，耐得住寂寞……」

他高大頎長身形一僵。

「女郎們也是有自己的私隱，說不定是去買買簪環挑挑布料什麼的，郎君們只會礙手礙腳……」

裴行眞默默地下了馬，然後把轡繩交給慶伯，乖乖地進了別院。

……他是好郎君，他等。

雖說他覺著拾娘去西市買刀劍的可能性，遠遠大過了去東市挑簪環布料，但身爲大唐好郎君就該聽勸……尤其是有了好對象的好郎君。

所以他便在水榭這麼一等，就等了兩個時辰。

期間慶伯來送過果盤子，茶點，還問他要不要先用午食，可他看著金烏高懸當空，再想著休沐日只剩下幾個時辰便入夜了，他總不能硬纏著拾娘把酒言歡、秉燭夜談吧？

便是拾娘同意，他也不捨得鬧騰得她不能安然酣睡。

所以他只盼著今日休沐，自己至少能夠在入夜前能和拾娘見到面，一個時辰也好。

否則明日大朝會，他又得上朝聽那群文武百官老叔們吵吵鬧鬧你爭我罵、文鬥武鬥個大半日，然後晌午過後，萬一又被聖人召去大明宮裡對弈。

且若是聖人下棋的興致再度一發不可收拾……

裴行眞想起大明宮抱廈裡還有一副他專屬的鋪蓋，就不自禁吞了口口水，覺得後背腰腿有點兒酸疼起來。

不行，他今天一定要見到他家拾娘，要跟拾娘摟摟抱抱、挨挨蹭蹭好一頓親近，方能提前治癒他明日大朝會的煎熬。

「六郎？」拾娘拎著一只木盒，大步踏入來，一眼就看到他神思不寧地在月洞門附近轉圈圈，不由一愣。

他聞聲霍然抬眼，鳳眼瞬間亮了起來，幾個箭步上前，大手緊緊牽握住了她的手，清揚嗓音透著一絲哀怨——

「拾娘，我想妳了。」

「咳！」拾娘險些被一口口水嗆著，耳尖悄悄紅了。「你、你幾時來的？」

「我兩個時辰前來的。」他目不轉睛地凝視著她，摸摸她略微汗溼的額頭，柔聲問：「瞧妳熱出一頭汗，怎麼不讓慶伯命人準備馬車接送？車裡多放兩個冰盆也舒爽些。對了，現在都過晌午了，妳可用過午食沒？餓不餓？」

她仰望著眼前原是一派氣定神閒、清貴爾雅的裴家六郎，此刻卻滿眼關切叨叨絮絮的模樣，又是好笑又是感動，心尖不禁泛起陣陣甘如飴糖的甜意來……

「你呢？等了我許久，餓了吧？」她輕聲問。

「……餓。」他這才感覺到腹中飢火中燒，有些赧然。

「來！」她拉著他踏上了水榭內坐下，將木盒置於矮案上，掀開了盒蓋。

剎那間酥甜香氣撲鼻而來，他看著裡頭一朵朵糾纏鬆軟如花形的糕子，難掩驚喜之色。

「拾娘，妳去了西市溫家老舖？」他眸光閃閃。「妳怎知我最喜吃這溫老丈做的『七返膏』？」

溫老丈做得一手全長安最美味的「七返膏」，用獨門祕方打出的軟麵團子做底，抹上一層密製油膏，反覆摺疊七回，最後折捏成型態各異的花形，此技法返疊趣致巧妙，故稱七返……入口鬆軟甜香，沁人心脾，咀嚼間餘韻蕩漾芬芳。

不過溫老丈性情古怪，一日開張最多只賣一百份「七返膏」，賣完就收舖，天王老子來了都不管用。

哪怕長安貴人多，即便命府中的管家親自上舖子去買，也得排隊。

且溫老丈還有個脾氣，便是看不順眼的不賣，大呼小叫的也不賣……即便不高興砸了他的鋪子，不賣就是不賣！

近些年溫老丈犯了風溼，更是三天兩頭不開張，開張看心情，買糕子看緣分。

「我偶然聽慶伯提起過六郎對『七返膏』念念不忘，想著今日休沐，我晨起左右無事，便去西市碰碰運氣。」她燦然一笑。「我運氣不錯。」

他感動萬分地看著她，而後在她的笑容催促下，小心翼翼地取出了其中一朵「七返膏」。

捧在手中，似花香雪、似雲輕浮，他卻不忙著吃，反而遞與到她嘴邊。「拾娘，嚐嚐？」

她一怔，也不扭捏，便就著他的手大大咬了一口「七返膏」。

他深深注視著她，滿眼期盼。「好吃嗎？」

她點點頭，嘴角笑意一閃。

裴行眞莫名臉紅了，拾娘正覺迷惑，只見他就著她方才咬下的那一處開始吃，然後越吃俊美面頰越羞赧酡紅，盛似水榭外嫵媚生姿的桃花……

拾娘不知怎地有些想笑。

素日舉止雍容風流的裴六郎，原來這般……純情？

而且見他興高采烈地吃著「七返膏」，猶如俊俏粉嫩的小兒正舔著心愛的飴糖一般模樣，她眼底笑意更深了。

也不枉她一大早便杵在溫老丈老舖前守著不走，還在老丈因風溼而煩躁不耐，賣了第五十一份「七返膏」時就想關張走人時，費盡心思說服老丈，並用昔年在北地學來的推拿之技，幫老丈膝骨舒緩了那發作起來宛若萬針攢刺的劇痛。

過後，待老丈因疼痛緩和終於露出了舒坦的微笑，說要免費送她一大匣糕子時，她溫言婉拒辭謝，只寫下推拿技法的要訣並糕子錢塞與老丈。

她來此買糕子是爲心悅之人圓一份滿足和念想，而不忍見老丈受風溼之苦，施以推拿，不過是出自世人憐老惜弱之情。

老丈賣的是手藝，油膏和麵粉也得本錢，哪裡就能叫她占了便宜去？

誰想老丈自有堅持，索性把她喚進去，一五一十地把祕製的油膏方子全說與她聽，還要教她麵團七返折疊之術。

老丈說，一人出一樣技法，誰都不吃虧，她若不收下，那他也要把那紙推拿技法扔進火灶裡燒了乾淨。

她拗不過老人家，只得乖順地在一旁看他演練完「七返膏」的作法，還親自上手練習揉製了好一陣子，溫老丈才甘心放她回來，臨別前不忘叮嚀下次休沐還得再去學。

最後拾娘拎著方盒出了溫家老舖，一路上還有些恍惚……自己怎麼就糊裡糊塗成了溫老丈的關門弟子了？

不過話說回來，待她學成，往後六郎想吃「七返膏」，她也能親手做與他吃了。

思及此，她嘴角越發露出愉悅笑紋來。

「想到了什麼，這般歡欣？」裴行真吃完了第一只「七返膏」，意猶未盡地舔了舔沾在修長指尖上的油酥，想再吃第二只，卻捨不得。

這是拾娘好不容易才買來送他的，他要精心留著慢慢品嘗，萬萬不能一次就吃淨了。

她回過神。「沒什麼，六郎既吃得好，下回我再去買便是。」

「下回我們一起去。」他瞅著她笑，笑得她心頭一陣發軟。

「好。」

裴行眞珍而重之地將盒蓋蓋了回去，就在此時，一陣清風拂過……剎那間點點桃花繽紛如雨飄入水榭，沾染了他倆一頭一身……

拾娘忍不住攤開手掌，驚豔地感受著這天外飛來的花雨紛紛。

裴行眞看著平素冷豔的拾娘這一霎難得綻放的嬌憨笑靨，心下頓時怦然如雷，衝動忘情地俯身向前，輕輕吻住了她。

拾娘呆住，清冷美麗的眸子倏地睜大了，屏息無法反應過來。

漸漸地，她氣息輕軟了下來，閉上眼，在他熾熱地吸吮舔弄中不知不覺地微啓唇瓣，下一瞬舌尖挑逗勾惹……芳唾交纏，呼吸紛亂。

裴行真大手珍寵憐愛地捧著她的小臉，纏綿索吻更深，拾娘喘息細碎，頰生嬌暈，心臟跳得格外地重、格外地快……

隱隱約約間，她感覺到自己彷彿又回到了年少時首次在草原，翻身躍上第一眼相中地那匹高大神駿、狂蕩不羈的野馬背上。

那時，心也是跳得這般猛烈喜悅……

不，此刻遠比那時更加飛揚歡快！

就在水榭中的裴卓兩人擁吻得濃情蜜意難分難捨時，遠處的角落裡，裴相撫著鬍鬚，笑得眼睛都彎了。

「好極好極。」

胖呼呼的慶伯也是樂得嘴都闔不攏，不忘小小聲道：「主子，咱們家六郎終於開竅了。」

「是啊，別見他平時瞧著瀟灑倜儻、風流自若，實則還是個沒開過葷的雛兒，老夫時常憂心他該不會連摸摸小手這事兒都不會罷？」裴相也小聲嘀咕。

「……咳咳咳。」慶伯嗆到了。

這，倒也不至於吧？

「君子愛惜羽毛立身正，自然是好的，但若遇著了心愛的女郎還處處束手縛腳，那就叫蠢鈍了……難道還要人家女孩兒主動下手成事嗎？」裴相長舒了一口氣，眉開眼笑。「現在好了，老夫見他這般無師自通，便也安心了。」

「那是那是。」慶伯興致勃勃地道：「不過如果主子您也別操心，老奴昔年江湖上蒐羅的武功祕笈中，也不乏有《祕戲圖》、《風月機關》——」

「咳。」裴相清了清喉嚨，一本正經道：「江湖祕卷畫本終非正統，老夫那裡有《素女經》手抄珍本，回府後立時遣人送來給六郎也就是了。不過你千萬仔細叮嚀六郎，先觀摩熟讀一二，萬萬不可未在成親前就唐突裴家小女郎，否則我先幫他岳父打斷他的腿！」

「……欸、欸，老奴知道了。」慶伯強忍著笑。

可憐的六郎，在未成親前，可有他憋的喲！

裴相遠遠兒看著水榭中那對小兒女的甜蜜景況，越發老懷大慰，若不是怕被卓家小女郎發現後會害羞，他還想多看一會兒，邊暢想著小孫孫在膝下團團轉的美好願景……

慶伯瞥見老主子樂呵呵的表情，忽然敏銳地察覺到，老主子此刻聯想到的可能與他一模模一樣樣，不由輕咳了一聲，試探地問——

「主子，屆時等小小郎君或小小女郎降生，應當還是由老奴先看顧著，待長到啓蒙之時才勞駕主子您——」

裴相深邃銳利的老眼倏然瞇起來。「嘿，你這老貨又要與老夫搶小孫孫了？」

慶伯眼神心虛地亂飄。「主子您這話也太偏頗了，老奴這不是想著您公務繁忙，想幫您分憂解勞嗎？」

「放屁！」學識淵博、博古通今又高居天下文人之首的裴相恨恨磨牙。「當年你辭了聖人左右禁軍飛騎統領一職，愣是死皮賴臉窩在我裴家別院裡當個老管事，不就是想搶老夫的小孫孫玩兒嗎？且若不是老夫拚命攔著，恐怕六郎早早被你調教到棄文從武，跑去混江湖了，現在你這老貨又——」

「哎呀，那麼多年前的事兒，主子怎麼還記掛著不放呢？」慶伯訕訕然地摸著頭笑。「您放心您放心，今時不同往日了，老奴現在也耍不動了，只想含飴弄孫……」

「那是老夫的孫！」裴相吹鬍子瞪眼。

「都一樣，都一樣……」慶伯嘻皮笑臉。

別院涼風習習，桃花紛紛，有人在溫情繾綣，有人在鬥嘴抬槓，長安今日又是箇歲月歡寧的好時光……

（全書完）

國家圖書館出版品預行編目資料

破唐案・裴氏手札・卷五：續紅線女/雀頤作. -- 初版.
-- 臺北市：春光出版, 城邦文化事業股份有限公司出版：英屬蓋曼群島商家庭傳媒股份有限公司城邦分公司發行, 民2024.7
冊；　公分. --(奇幻愛情；　)
ISBN 978-986-7282-82-3 (平裝)

857.7　　113008196

破唐案・裴氏手札・卷五：續紅線女

作　　者／雀頤
企劃選書人／王雪莉
責 任 編 輯／王雪莉、高雅婷

版權行政暨數位業務專員／陳玉鈴
資深版權專員／許儀盈
行銷企劃主任／陳姿億
業 務 協 理／范光杰
總　編　輯／王雪莉
發　行　人／何飛鵬
法 律 顧 問／元禾法律事務所　王子文律師
出　　版／春光出版
臺北市115南港區昆陽街16 號 4 樓
電話：(02) 2500-7008　傳真：(02) 2502-7676
部落格：http://stareast.pixnet.net/blog　E-mail：stareast_service@cite.com.tw
發　　行／英屬蓋曼群島商家庭傳媒股份有限公司城邦分公司
臺北市115南港區昆陽街16 號 8 樓
書虫客服服務專線：(02) 2500-7718 / (02) 2500-7719
24小時傳真服務：(02) 2500-1990 / (02) 2500-1991
服務時間：週一至週五上午9:30～12:00，下午13:30～17:00
郵撥帳號：19863813　戶名：書虫股份有限公司
讀者服務信箱E-mail: service@readingclub.com.tw
歡迎光臨城邦讀書花園　網址：www.cite.com.tw
香港發行所／城邦（香港）出版集團有限公司
香港九龍九龍城土瓜灣道86號順聯工業大廈6樓A室
電話：(852) 2508-6231　　傳真：(852) 2578-9337
e-mail：hkcite@biznetvigator.com
馬新發行所／馬新發行所／城邦（馬新）出版集團【Cite(M)Sdn Bhd】
41, Jalan Radin Anum, Bandar Baru Sri Petaling,
57000 Kuala Lumpur, Malaysia.
Tel: (603) 90563833　Fax:(603) 90576622

封 面 設 計／Aacy Pi
內 頁 排 版／芯澤有限公司
印　　刷／高典印刷有限公司

■ 2024 年 7 月 30 日初版一刷
Printed in Taiwan

城邦讀書花園
www.cite.com.tw

售價／380 元

ISBN　978-986-7282-82-3

廣告回函
北區郵政管理登記證
臺北廣字第000791號
郵資已付，免貼郵票

115臺北南港區昆陽街16號8樓

英屬蓋曼群島商家庭傳媒股份有限公司
城邦分公司

請沿虛線對折，謝謝！

愛情．生活．心靈
閱讀春光，生命從此神采飛揚

春光出版

書號：OF0100	書名：破唐案．裴氏手札．卷五：續紅線女

請於此處用膠水黏貼

讀者回函卡

謝謝您購買我們出版的書籍！請費心填寫此回函卡，我們將不定期寄上城邦集團最新的出版訊息。亦可掃描 QR CODE，填寫電子版回函卡。

姓名：＿＿＿＿＿＿＿＿＿＿＿＿＿＿＿＿

性別：□男　□女

生日：西元＿＿＿＿＿＿年＿＿＿＿＿＿月＿＿＿＿＿＿日

地址：＿＿＿＿＿＿＿＿＿＿＿＿＿＿＿＿＿＿＿＿

聯絡電話：＿＿＿＿＿＿＿＿＿＿　傳真：＿＿＿＿＿＿＿＿＿＿

E-mail：＿＿＿＿＿＿＿＿＿＿＿＿＿＿＿＿＿＿＿＿

職業：□ 1. 學生 □ 2. 軍公教 □ 3. 服務 □ 4. 金融 □ 5. 製造 □ 6. 資訊

□ 7. 傳播 □ 8. 自由業 □ 9. 農漁牧 □ 10. 家管 □ 11. 退休

□ 12. 其他 ＿＿＿＿＿＿＿＿＿＿＿＿＿＿＿＿

您從何種方式得知本書消息？

□ 1. 書店 □ 2. 網路 □ 3. 報紙 □ 4. 雜誌 □ 5. 廣播 □ 6. 電視

□ 7. 親友推薦 □ 8. 其他 ＿＿＿＿＿＿＿＿＿＿＿＿

您通常以何種方式購書？

□ 1. 書店 □ 2. 網路 □ 3. 傳真訂購 □ 4. 郵局劃撥 □ 5. 其他 ＿＿＿

您喜歡閱讀哪些類別的書籍？

□ 1. 財經商業 □ 2. 自然科學 □ 3. 歷史 □ 4. 法律 □ 5. 文學

□ 6. 休閒旅遊 □ 7. 小說 □ 8. 人物傳記 □ 9. 生活、勵志

□ 10. 其他 ＿＿＿＿＿＿＿＿＿＿＿＿＿＿＿＿

請於此處用膠水黏貼